新潮文庫

最後の恋 MEN'S

つまり、自分史上最高の恋。

朝井リョウ　伊坂幸太郎
石田衣良　荻原浩　越谷オサム
白石一文　橋本紡

9450

目次

最後の恋 MEN'S

つまり、自分史上最高の恋。

僕の舟

伊坂幸太郎

伊坂幸太郎（いさか・こうたろう）

一九七一年千葉県生れ。二〇〇〇年『オーデュボンの祈り』で新潮ミステリー倶楽部賞を受賞しデビュー。〇四年『アヒルと鴨のコインロッカー』で吉川英治文学新人賞、〇八年『ゴールデンスランバー』で第五回本屋大賞と山本周五郎賞を受賞。著書に『重力ピエロ』『チルドレン』『グラスホッパー』『死神の精度』『砂漠』『ラッシュライフ』『魔王』『ＳＯＳの猿』『オー！ファーザー』『バイバイ、ブラックバード』『マリアビートル』など。

◇

水兵リーベ僕の舟、と若林絵美《わかばやしえみ》は小声で歌うようにした後で、「懐《なつ》かしいね。確かに、昔、よく言っていたかも」と笑った。ふちが銀色の、レンズの丸い眼鏡をかけた彼女はにこやかな少女のような顔立ちだが、髪の毛はほとんど白一色で、皺《しわ》は目立たぬものの、かさかさとした肌が、年齢と共に蓄積された疲労を感じさせた。「誰から聞いたの」

「高校を卒業した後に、勤めた職場があるだろう」

「わたしが？　ああ、あの駄菓子メーカーの」

「事務仕事だったんだろ。真面目《まじめ》で、大人しくて、普段は無口なのに、お茶を入れながらよく口ずさんでいたらしいな。水兵リーベ僕の舟」黒澤《くろさわ》は表情を変えず、椅子《いす》に座ったまま言った。

「わたし、どこでそれ習ったのか覚えていないんだけどね、好きだったの」若林絵美は目を細める。

七十手前の歳《とし》には見えない、あどけない表情だった。彼女の後ろにはベッドがあり、三つ年上の夫が寝ていた。三ヶ月ほど前から癌《がん》の悪化のため、ほとんど意識はない。黒澤はそう聞いていた。若林絵美はその夫の食事や便の世話をし、風呂《ふろ》にも入れる。決して楽ではないはずだが、彼女はどこかのんびりとしているようでもある。

「元素記号を覚えるのが好きだったのか」

「別に覚えたかったわけではないんだけど、なんだか、楽しいじゃない。スイヘイリーベ、って言葉も良いけれど、何と言っても、僕の舟、って響きがね、勇ましいというか、可愛《かわい》らしいというか。そんな気がするじゃない。『わたしの舟』とか、『僕の舟』とかいうと」

「そんな小説がなかったか？」黒澤は足を組み、まっすぐ相手を見て、「『小さき者へ』の最後がそうだったじゃないか。『行け。勇んで』という、あれだ」

「行け、勇んで、小さき者よ。そうね、『僕の舟』にはそういう勇んで進んでいく感じがあるわよね。あ、そうだ、思い出した。あの職場の給湯室に、カレンダーがあって、よく分からないんだけど、船員が写っていたのよ。港でポーズを取った恰好《かっこう》の。だからお茶を入れるのに、それをぼんやり眺めて、水兵さんかあ、と思っていると連想で自然と出てきちゃったんじゃないかなあ。『水兵リーベ』って」彼女は突如として思い出された記憶を楽しんでいる。「でも、何でそのことを知ってるの？　五十年くらい前よ。黒澤さん、そんなことまで調べられたの」

「そんなに難しいことをやったわけではない、依頼を受けて、まずは当時の仕事場を探した」

「今、もうないでしょ、あの会社」

「ただ、社長は残っていた。二代目だ。当時、一緒に働いていた、と言っていたぞ」

「ああ」若林絵美はずっと開けていなかった箱の存在に気付いたかのように、はっとした声を出した。「あの人、どうしているの？　同い年で、同じ頃に働いたのよ。どうにも仕事ができない人だな、と思ったら、社長の息子だと分かって、納得したり、驚いたり。今どうしてるのかしら」

当時の町の地図を探し出し、周辺で聞き込むと、その会社の経営者について分かった。十年前に会社は倒産したという。一度だけ年賀状が来たという町の花屋から住所を教わり、それはすでに北関東の別の県のものだったが、住民票の転出、転入を追いかけたところ、その二代目社長のもとに辿《たど》り着いた。

「でも住民票ってそんなに簡単に、他人がチェックできるの？」若林絵美が疑問を口にする。

「債権者とかな、理由がある人間や、委任状を持っていないと交付が受けられない。ただ、裏を返せば、そういったふりをするのに労を厭《いと》わない人間ならできる」

「それって、やっちゃいけないことでしょ」

黒澤は答えずに、肩をすくめる。

「今は、その社長の息子は果物を作っていた。潰《つぶ》れた会社の債務処理を必死に終えて、ようやく再スタートらしい」黒澤は、訪れた小さなアパートで、「これからですよ」と笑った男の姿を思い出す。力強く拳《こぶし》を握り、苔色《こけいろ》のついた舌を見せ、顔をくしゃりとした彼は、自分の人生を楽しんでいるようにも、自暴自棄になっているようにも、どちらにも見えた。「若林絵美のことを知っているか、と聞いたら、覚えていた」

「五十年前なのに？」

「そっちは覚えていないかもしれないが、彼にとっては、思い出深い女性だったんだろう」黒澤は言う。「絵美ちゃん、私、好きだったんですよね。でも当時、私はまだ女も知らないし、うぶだったからね、どう声をかけたらいいかも分からなくて。よくね、歌ってたんですよ。水兵リーベ、って。それ何？　って訊《き》いたら、子供の頃に教わったとか言って。『リーベって何なんですかね』って訊《たず》ねてくるから、私も無理して、『水兵の名前じゃないかな。外国の名前。水兵のリーべさん』とそれらしく答えたら、絵美ちゃんが大笑いしてくれてね。よく覚えてますよ」

わたしは覚えていないなあ。申し訳ないなあ。黒澤の前で、若林絵美は罪の意識を滲《にじ》ませ、苦笑した。「というよりも、あの人、わたしのことそんな風に思っていてくれたんですか」

「みたいだな」

「あらあ」若林絵美はけたけたと声を立てる。半年前から、病院を転々としつつ、寝たきりの夫の介護をしているのだから、疲れも溜《たま》っているのだろうが、こうして笑う時は、若返るものだ、と黒澤は感心した。

「失敗したかしら。ねえ、黒澤さん。わたし、うまくいっていたら社長夫人だったのかもしれない」

「倒産したが」

「わたしが奥さんだったら、会社も苦難を乗り越えていたかもよ」若林絵美は言って、夫が寝ている背後をちらと窺《うかが》った。

「そうだな」黒澤は答える。「もしかすると、そっちのほうが楽しいことが多い一生だったかもしれない。もちろん、つらいことが多かった可能性もある」

「想像してもしょうがないわよね」若林絵美が目を細める。「食べ物だったら、ほら」

「食べ物だったら？」

「喫茶店に行って、悩むじゃない。生クリームのケーキとモンブランとどっちがいいか、って」

「俺は間食をしないからな」

　黒澤が言うと、若林絵美はのけぞるほどに驚き、「そんな人生に何の意味があるのか」となじり、「いっそのこと、ケーキを主食にしなさいよ」と言い切った。黒澤は、「それで？」と先を促す。

「たとえば生クリームのケーキを頼んだ後で、もし、モンブランを頼んでいたらどうだったのかな、と想像することもあるでしょ。でも、一緒にいる人がモンブランを注文していたら、一口くらいは食べさせてもらえるかもしれない。ああ、こんな味だったのね、って」

「ただ、人生の分岐については無理だな。誰かに、そっちはどうだった？　とは訊けない」

「そうなの。もう一個の人生の味見は、できない。わたしはね、この人と結婚したんだから、それで満足するしかないの」若林絵美が人差し指で、背後を指差した。

「後悔しているように聞こえる」

彼女は小さくかぶりを振った。「派手なことは一つもなかったけれど、悪くはなかったよ。この人、いい人だったしね。真面目で、面白味はなかったけれど」

「聞こえてるぞ」黒澤は苦笑し、若林絵美の向こう側で横になっている、彼女の夫を顎《あご》で指す。

「分かってるわよ。でも、悪いことじゃないんだから、真面目っていうのは」

「まあ、そうだな」

「浮気はされたけど。あ、これは前にも言ったわね」

黒澤は少し口元を歪《ゆが》ませ、首を傾《かし》げ、ベッドを指差す。「聞こえてるぞ」

意識はないとはいえ、耳は聞こえているのかもしれない。

「いいのよ。怒ったら、起きてくるかもよ」

「とにかく、昔の恋人の行方を調べて、その、もう一つの人生を知りたくなったわけか」

若林絵美は罪の意識からなのか、照れ隠しからなのか、笑い、「恋人ってほどではなかったんだから」と手を振った。「だって四日よ。四日だけだったんだから」

「五十年前の、たった四日間の男のことを今でも覚えてるとはな」

「前も言ったけど、初恋のほうは一日よ。六十年前の一日だけ」

◇

二ヶ月前、若林絵美は、思い出の男のことを調べてほしい、と黒澤に依頼をしてきた。寝たきりの夫の看病にかかりきりであるため、彼女が出向ける場所は限られている。だから黒澤が病院まで行き、院内の喫茶店で会い、話を聞いた。病院の匂《にお》いがこびりついているような、簡易テーブルが三組あるだけの小さな店だった。

彼女はかなり克明に、その男との出会いから別れまでの話を語った。「すごい記憶力だな」と黒澤が驚くと、「わたしの人生に、浮いた話がそれだけ少ないってことよ。めったにない出来事だったから、人生の年表にばっちり載っちゃってるわけ」と言った。さらには、「子供の頃の初恋のことだって覚えているんだからね」と言い、十歳の頃の、遊園地で迷子になった話を喋《しゃべ》り出したのだが、それもまた詳細で、黒澤としては驚くほかなかった。都内の遊園地で迷子になり、おろおろしていると、やはり同じように迷子の少年と会った。古くからある、それほど大きくはないが、定番のアトラクションはたいがい揃《そろ》っている遊園地で、場所を聞けば、黒澤も、「ああ、あそこか」と分かった。

「類は友を呼ぶ、って言うのかしら。迷子同士が出会って」と彼女は笑って、黒澤に話した。「しょうがないから、二人で時間を潰したのよね」

「そんなことで、初恋になるのか」

「だって、頼りになったんだもん。あの時の男の子。トイレの近くにゴキブリがいたら、すぐに蹴《け》とばしてくれて」

「ああ」黒澤は苦笑する。「それは記憶に残るな」

「あっちの子はお小遣いを持っていたからね。二人で、炭火焼きの、焼き鳥だったかなあ、それを食べてね」

「迷子なのかデートなのか分からないな」

「でしょ。相合傘《あいあいがさ》とか描いちゃったくらいだから、遊園地の管理棟の壁に」

「何世紀か昔は、相合傘に名前を書くと、入籍になったらしいな」

「あら、そうなの！」若林絵美が予想以上に驚くので、黒澤は嘘《うそ》だと言えなくなる。

「最近の子は、相合傘なんてやらないんでしょうね。iPhoneとかそういうんじゃないの。何でも、アイ何とか、で。アイ相合傘とか言うのかもね」

黒澤は苦笑する。「それが初恋だったわけか」

「後から思えばね。たぶん、迷子同士で一緒にいたのも一時間くらいのことだったと思うんだけど。結局、わたしのほうが先に、親に発見されて。ほっとしたけど、残念だったわよ。しかも、最後に挨拶《あいさつ》しようと思ったら、あっちの子はおしっこに行っちゃってて」

「まさか、俺に、その時の子供を探してくれ、という調査を依頼するんじゃないだろうな」黒澤がその時、言うと、彼女も、「さすがにそんなに無茶は言わないわよ」と大声で言い、黒澤の肩を叩《たた》いた。「調べてほしいのは、そうじゃなくて、最初に話した、大人のほうよ」

そして二ヶ月が経《た》ち、黒澤は再び、彼女に会うために、今度は病室にまでやってきたところだった。

「ずっと心にあったわけじゃないんだけれどね、こうやって病院で付き添っていたら、いろいろ昔のこととか考えちゃうんだよ。初恋のこととか、二十歳で銀座で会ったあの人はどうしてるかしら、とか」若林絵美は顔をくしゃっとする。「だって、モンブランの味も知りたいじゃない」

「で、どうする、その男の居場所が分かった、と言ったら、会いに行くのか」

「調べられたの？」若林絵美が目を丸くした。眼鏡を一度取り、布で拭《ぬぐ》いはじめる。

「五十年前よ。あの時の彼のこと分かったの」

「まあな」

「会えたの？」と前に乗り出してくる彼女は、さらに活《い》き活きとした。「今、どうしているの？」

「旦那《だんな》が聞いてるぞ」

「いいのよ、これくらい。ねえ、あなた」彼女はあっけらかんと後ろの夫に言う。

「結論から言えば」黒澤は隠す必要もないため、正直に報告する。いつものことだ。調査結果が相手にどういった影響を与えるのか、そこまで考える気にはなれない。いや、考えようとはするのだが、人の気持ちを想像するのが、黒澤は苦手だった。「相手の男には会えたが、ろくに話はできなかった。あっちは覚えていない可能性もある」

「ああ」若林絵美は落胆しつつも、あっさりしていた。「さっきのと同じね。わたしの職場の、社長の息子さんが、わたしのことを覚えててくれたけど、わたしのほうはあまり覚えていなかったし。同じ思い出も、人それぞれで、片方にとっては重要でも、もう片方にとってはそうでもないってことも多いんだろうね」

「かもしれない」

そこで、若林絵美は手を叩いて、「黒澤さん、そういえば」と大きな声を出した。

「今、思い出したんだけれど、昔ね、うちの旦那が言っていたのよ」と背後のベッドを振り返る。

「何をだ」

「僕の舟」

「何だそれは」

「結婚というのは、男女が同じ舟に乗るようなものだって。一緒に漕《こ》いで、いろんなところを旅をして」

「言わんとすることは分かる」

「僕の舟に一緒に乗ってくれないか、って。ああ、そうか、あれ、プロポーズだったんだね」

「彼の舟はどうだった」

「まあ、ほら、あの銀座の男の舟に乗っていたらどうだったかな、とかね、想像はするけれど、ただ、この人の舟、転覆しなかったんだからそれだけでも良かったよね。

欲を言ったら、きりがない」

◇

五十年前の若林絵美は銀座通りを歩いていた。会社を出て、地下鉄に乗り、兄と会うためにだ。地下鉄は夏に涼しく冬は暖かい、と言われているのはその通りだった。ひんやりとした駅から、地上に出ると少し蒸し暑さに覆《おお》われる。東京生まれとはいえ、田舎町の出身であるため、華やかな町にやってくるといつも、野生動物にねめつけられるような恐怖を感じてしまう。こちらの無知と無教養を嗅《か》ぎ取り、嚙《か》みつかれるのではないか、と怯《おび》える。とはいえ、周囲を行き交うのは、野生動物にはほど遠い、洒落《しゃれ》た服を着て、輝くような表情を浮かべた男女たちだった。ボタンダウンシャツの上に、三つボタンのブレザーを着た男性はもとより、背広を着た男たちも、会社にいる年配の者たちとは違い、颯爽《さっそう》として見えた。女性が着ているブラウスも、若林絵美のような、自分で仕立てたものとはずいぶん違い、垢抜《あかぬ》けていた。

柳の木のそばで笑い合っている若者たちが、眩《まぶ》しかった。

滅多なことでは銀座に出てくることがないため、地味な恰好《かっこう》では周囲から浮き上がってしまうのではないか、と気になり、いつもよりも服装に気を配ってきたつもりであったが、先ほどまで一緒だった兄には、「おまえは今、この町で一番、ぱっとしない見た目だぞ」とからかわれた。「それにいつもより化粧がすごいな。今日、おまえと三越のライオン前で待ち合わせだっただろ。ライオンがいると思ったら、絵美、おまえだった。一緒に暮らしている俺ですら、誰だか分からなかった」

冗談であるのは間違いないが、若林絵美は傷ついた。自分としては精一杯、可愛《かわい》らしくメイクをし、自分で仕立てた中でも、自信のあるワンピースを着てきたが、まわりの人たちから見劣りするのは自覚していた。

兄が珍しく、一緒に銀座で食事でもするか、と誘ってきたため、何事かと思い、やってきたのだが、ようするに、フィアンセを紹介するのが目的のようだった。食事の後、バーに連れて行かれたかと思うと、赤いワンピースを着た女性が現われ、「あら、あなたが絵美さんね。話はよく聞いているのよ」と快活に言われた。太いベルトが洒落ており、塗られた口紅は、流行《はや》りの、資生堂のものだ。目鼻立ちもはっきりとした彼女は、若林絵美の前であるにもかかわらず、兄にしなだれるようにし、柔らかな仕草のせいか、どこか色気を漂わせているため、どぎまぎしてしまう。おまけに兄は兄で、威厳を強調したいからか、若林絵美に対し、「会社にいい男はいないのか」「母さんが持ってきた見合いには必ず、行けよ。数撃てば当たる」と言い、さらにフィアンセの女性も、「あと五年もしたら、子連れの男しか貰《もら》い手がいなくなるわよ」と脅すような言葉を重ねてくるので、すっかり、暗い気持ちになってしまった。「わたしが今度、東大の医学生を紹介してあげようか」とフィアンセが言い、兄が、「こいつにそれは、豚に真珠というものだ」とからかった。

若林絵美はすっかり重苦しい気持ちになり、「具合が悪くなったから、先に家に帰っていますね」と席を立った。体調を気に掛ける言葉もなく、兄はただ、「おふくろに、それとなく、彼女のことを良いように伝えておいてくれよ」と言うだけだった。女性の嬌声《きょうせい》がそれに被《かぶ》さり、背中にぶつかった。

時間はずいぶん遅くなっていたが、銀座に来るのは久しぶりであるからすぐに去るのも残念に思え、街路灯を頼りに銀座通りに出て、あれが三愛《さんあい》ビルか、とその明かりを横目に見ながら、数寄屋橋《すきやばし》のほうへと向かっていた。通りを、ブルーバードやコロナ、アメ車が走っていく。ルノーのタクシーが通る。

俯《うつむ》き気味に歩いていたが、その時、横道を入ったところに、黒い人影ががさごそと動いているのが目に入った。はじめは行き過ぎ、その後で、ゆっくりと、一歩、二歩と後退し、そっと目をやると、ジャケットを羽織った男二人が、一人の男と向き合っていた。

どこか緊迫した空気があるな、と思った矢先、二人のうち一人が、前の男の胸ぐらをつかみ、若林絵美が、「あ」と思った時には、顔を殴っていた。殴られた男がその場に尻《しり》もちをついた。

「何をしているんですか」

彼女の声に、立っている男たちが振り向く。面倒臭そうに舌打ちをする。柄の悪い、チンピラとは違い、どちらかといえば、礼儀正しい学生にも見えた。が、殴ったのは事実だ。「暴力反対！」と声を震わせながらも大声を出せたのは、兄とのやり取りで溜《た》まったストレスを吐き出したかったからかもしれない。

男たち二人は一瞬、きょとんとした後で、「お呼びじゃないよ」と小馬鹿《こばか》にした口調で、若林絵美に手を振った。しっ、しっ、あっちへ行ってろ、と。若林絵美は邪険にあしらわれたことに、腹が立ち、頭に血が昇った。さらに男の発した言葉と、植木《うえき》等《ひとし》の流行りの台詞《せりふ》「お呼びでない」が結びついたからか、「これはまた失礼いたしました！」と目をぎゅっと閉じ、叫んでいた。はっと目を横にやると、植木等の出演する映画のポスターが貼《は》られていた。意識するより先に、そこから連想したところもあったのだろうか。とにかく、彼女の必死の叫びがよほど可笑《おか》しかったのか、それともあまりに異様だったのか、気づいた時には、男二人は消え、殴られた男だけがその場に残っていた。

二ヶ月前、調査の依頼を受けた際、その思い出を若林絵美から聞いた黒澤は、自分が恥をかいたようなくすぐったさを覚えた。「大声でそんなことを叫ばれたら相手もさすがに怯《ひる》んだだろうな」

「当時、流行っていたのよ」

「流行語を叫ぶな、と学校で教わらなかったのか」黒澤は言う。

病院内の喫茶店は、利用客が入れ替わり立ち替わり、やってくるものの、ちょうどタイミングが良いからか、常にテーブルが一つ空いている状況で、話はしやすかった。

「それで、その殴られた男の人と、出会ったの。夜だったから薬局も開いていなくて、ほら、その人は殴られて、目とか腫《は》れちゃっているから、わたしがハンカチを噴水の水で濡《ぬ》らして、貸してあげて」

「絵に描いたような出会いだな」黒澤は感心して、言った。

「でしょ、絵に描いた餅《もち》って言うのかしらね」

「それはちょっと意味が違うだろうな」

「じゃあ、絵に描いたような餅？」

「またさらにずれたな、それは」

「細かいねえ、あなたも」若林絵美は、生意気な息子に呆《あき》れるようにして言う。そういえば、と黒澤は、彼女の息子についての情報を思い出した。それぞれ、一部上場の企業に勤め、長男は中国に、次男は中国地方の山口に、住んでいるのだ。病院には、息子たちはなかなか来られない状況らしい。

「で、その後で、どうしたんだ」

「そのまま、二人で喋《しゃべ》ったの。通りの裏で。本当は、ニュートーキョーとかね、どこかお店に行けば良かったのかもしれないけど」

「殴られて、目が腫れてたら行けないだろうな」

「それもあるけど、あの当時はね、若い女が知らない男と飲み屋に行く、とか、そういうことってなかったんだから。おしとやかで、控えめだったのよ。わたしも警戒してたし。ベンチで並んでいるのだって、どきどきしていたんだから。でも、今のわたしだったら迷うことなく、ついていっちゃうけどね」と若林絵美は笑った。

「今、病室で寝ている夫が怒るぞ」黒澤は店の外、リノリウムの床の通路に眼差しを向けた。

「いいのよ、だって、あの人、真面目《まじめ》な顔してるけどね、まあ性格も真面目なんだけど、浮気したこともあるくらいなんだから」

「そうなのか」

「そうよ」若林絵美が口を大きく開き、手のひらで空気を叩くようにした。「お見合い結婚だったし、お互い、恋愛の楽しみがない人生だったからねえ。そういうのに惹《ひ》かれちゃった気持ちは分からないでもないけれど。うちの夫は、わたしのことをよく、『おまえの世界は狭い』って馬鹿にしていたのよ。でも、お互い似たようなものだったんだから」

「世界は実際に狭いものだけれどな」

「ああ、ディズニーランドにもあるわよね」

「何がだ」

「イッツ・ア・スモールワールドって。あれってそういう意味なのかしら。世界は狭いよって」

「どうだろうな。とにかく、その狭い世界で生きてきた中で、自分も、昔会ったことのある男のことを気にしはじめたってわけか」

「これまでは、時々、ふとした拍子に思い出すくらいだったけどね。ほら、たとえば、柳ね。あれを見ると、思い出したり」

「柳？」

「銀座って昔は、柳が並んでいたんだけど。何回か撤去されちゃって、今は減ってい
て。で、どうして街路樹が柳なのか、黒澤さん、あなた知ってる？」

黒澤は突然、投げかけられ、少し困惑するがすぐに、「おおかた、土地の地盤か何
かの関係じゃないか」と答えた。

「何だ、知ってたの？」

「いや、想像だ。植物にとって重要なのは土か水だ」

「あと、酸素ね。でもまあ、どうして銀座には柳が植えられたのか、って理由は有名
なのかもしれないわね。うちの旦那も前に言っていたし」

「その柳がどうかしたのか」

「五十年前の、あの時の彼が、教えてくれたのよ」

◇

目が腫れて、みっともないな、と男は自嘲《じちょう》した。たまたま空いていたベンチに、二

人で並んで座ったところだ。

通りを歩いていたら、酔った二人の男に絡《から》まれてしまった。殴られたものの、あなたが割り込んでくれたから助かったのだ。ありがとう。男は少し恥ずかしげに頭を下げた。それにこのハンカチも、と付け足す。

若林絵美は、夜に、初対面の男と並んでいることに、緊張と高揚を感じ、地に足がついていなかった。今日は何の用事なのか、と男に訊《たず》ねられた際に、「ダンスホールによく行くから」と嘘《うそ》をついたのは、心が浮ついていたからと、あとは、見栄《みえ》だ。遊び慣れしていない、うぶな女だと思われると、侮られるのではないかと思った。ぼろが出ないように先に質問をぶつける。「銀座にはよく来るんですか」

「そうだね。よく来るけれど」とぼんやりと男は言い、「そういえば、君は、どうして銀座には柳が植えられているのか、知っている？」とハンカチで隠した傷を気にしながら、顔を向けてきた。反射的に、若林絵美は顔を逸《そ》らした。

「明治時代、銀座の道が広くなった時に、日本で初めての街路樹ができたんだ。当時は、桜や松や楓《かえで》だったらしい」

「桜や松が銀座に？」

「そう。ただ、銀座は埋立地だからね、水分が多すぎて、植物もなかなか難しいんだ。

立ち枯れたり、根腐れを起こしたりして。だから、どうせならもともと水に強い柳を植えようということになったらしいんだ」

ああ、そういうことになったのか、と若林絵美は感心する。銀座の名物とも言える、柳の並木にそんな理由があったとは知らなかった。「木にとって、水って重要なんですね」

「そうだよ。あとさ、君、知っている？　木は二酸化炭素を吸って、酸素を出すんだ」

誇らしげに教えてくれるため、若林絵美も反応に困るが、小学校で習う知識でもあるのだから、「さすがに知っていますよ」と答えた。

「そうか」と彼は少しプライドを傷つけられたのか、むっとした声になったが、気を取り直したのか、また口を開く。「でもねそう考えると、樹《き》が減ってきたら、人間の吐く二酸化炭素が増える一方で、大変なことになると思わないかい」

「樹って減っているんですか？」

「だって、紙だって、樹をもとにしたパルプからできているんだから、これだけ新聞や雑誌が増えてきたら、どんどん樹が伐採されることになるんじゃないかな。酸素がそのうち足りなくなるよ」

「ああ、確かにそうですよね」若林絵美は言い、急に自分の周りの空気が薄くなるような気分になる。

「あ、ねえ」と男は声の調子を変えた。

「はい」若林絵美は背筋を伸ばす。

「これから、二人で、バーにでも行かないかい」

彼女はもちろん、動揺した。もちろん、胸が弾んだ。こうして男から誘われることなど初めてであったし、さらには、夜に予期せぬ成り行きで知り合った二人、といった非日常的な状況が高揚を生み出していた。ただ、喜び以上に、怯《おび》えがあったのも事実だった。

ああ、いえ、あの、としどろもどろになってしまう。ぴしゃりと断ることへの恐怖と抵抗、そして、劇的な出会いを失うもったいなさが入り混じっていた。

男は、若林絵美の態度をちらと見て、小さく息を吐く。

無言の間が続く。街路灯の照らす中、騒ぐようにして通り過ぎていく会社員は、羽目を外し、品をなくしている。鬱憤《うっぷん》が溜まっているのだろうか、大声を発しながら、遠ざかって行った。

気まずくなってきたと感じはじめた頃、「小松ストアーの小判の話、知っている?」と男が口を開いた。

「え」

「今から、五、六年前だったかな、銀座六丁目の小松ストアーが改築工事をしていたら、小判が見つかったんだ。結構な騒ぎになったんだけど」

記憶があるような、ないような、言われてみればそんな話を兄がしていたかもしれない。若林絵美は思い出そうとしても、記憶があまりない。六年も前であれば、まだ、中学生くらいであるから、銀座の小判騒動など、遠い国の出来事も同然だったはずだ。

「その小判、どうなったんですか。見つけた人がもらっちゃったんですか？」

「国のものになったみたいだよ」

「あら、何かもったいない」

そこで男は声を立てて笑い、それから、「痛《い》てて」と目を押さえた手にもう一方の手も重ねた。笑うと痛むらしい。大丈夫ですかと声をかけるよりも先に男が、「まあ、もったいなかったけれど、小松ストアーはそのおかげで有名になったから、と社長さんはそう言っていたらしいよ。頭のいい人なんだろうね」と続ける。「その次の年には、ほら、あっちの富士銀行の工事現場からも少し小判が出て」

「凄《すご》いじゃないですか。大判小判がざくざくと、って憧《あこが》れちゃうな」

「本当に？」

「え」

「実は、僕も狙《ねら》っているんだよ」男は顔を上げ、まっすぐに前を見ていた。視線の先にあるのは、ガード下だけだった。「他にも銀座には、小判が埋まっているという話を聞いたんだ」

「そ、そうなんですか」

ああ、うん、と男は意味ありげに答えた後で、「僕、どういう仕事をしているように見えるかな」と訊ねてきた。

どういう仕事かと言われても困る。そこで初めて、左横に座る男をまじまじと見たが、夜の暗さの上にハンカチで覆《おお》われているため、よくは把握できない。男は髪は長く、耳にかかるほどで、中肉中背だった。鼻筋は通っている。何の仕事をしている人なんだろうと考えても、思い浮かばない。そもそも外見から人の職業など分かるのか。

「ええと、顔にハンカチを当てる仕事？」と言ったのは、ふざけたつもりよりも、それしか思いつかないだけだったのだが、男はそれを聞き、噴き出した。「そういう仕事、あるの？」

「いや、分かりません」

「分からなくはないよ。僕には分かるよ。ハンカチで顔を押さえるだけの仕事なんて、絶対にないね」

「ですよね」と若林絵美は同意し、今度は自分でも笑った。「いったい何の仕事しているんですか」

「当てられない？」

「ええと」と若林絵美は、問いに答えなくてはならない重圧を感じた。良い印象の仕事を挙げたほうが喜ばれるのではないかと想像する。「医学生とか」

「ああ」と男は少し驚きの声を発した。「よく分かったね」

当たったんですか、と若林絵美が口に手を当て、じっと彼を見ると、彼の目が驚きのせいなのか、右へ左へ動いた。

「僕はね」と彼はぼそぼそと喋る。「ほら、少し前に、国会に学生たちが集まって、装甲車を乗り越えて侵入したり、数十万人がデモで集まったりしただろう」

若林絵美は聞きながらも、いつ、君はどう思う？　と問い質《ただ》されるかとどぎまぎした。新聞などによって、学生運動の騒ぎは知っていたものの、政治的な事柄には関心がなく、難しいことは分からなかった。そもそも、アメリカとの条約が承認されるといったことが、自分の日々の生活にどう影響するのかも知らなかった。それよりも、あの兄のフィアンセが、いずれ我が家にやってくることを考えると、そのほうが重要な問題に感じられる。

「僕はあれに参加したわけではないんだけれど」

「そうなんですね」

「きっとあの数十万の人たちの中には、騒乱を起こすことだけが目的で、面白半分とまでは言わないけれど、先のことを本当に考えていない人も多かったような気がするんだ」

「先のこと？」

「国をどうするのか。共産主義と言うけれど、それをどう実現するのかまで考えていない。国会を取り囲んで、仮に、条約を潰《つぶ》せたとして、内閣を倒せたとしてもね、そこから、じゃあ、どうするのかって思うんだ。ただ、積み木を壊すことだけに躍起になっているようだと、ほら、それこそ新聞が書いたように、ただの暴動、東京暴動で終わってしまう」

「ああ、うん」

「僕はだから、そこには混ざらずに、まず資金を集めようと思っているんだ」

「お金を？」

「資本主義を打倒して、共産主義の革命を起こすとしても、だからと言って、まず最初から共産主義のやり方で倒そうとするのは、至難の業だ。そもそも、暴動だけで事を成すのは難しい。僕から言わせれば、まずは相手のルールに則《のっと》って、つまり、資本主義の根幹、お金を使って、偉くなって、それからのちに、自分の望む社会にすればいいんだ」

若林絵美は何と言えばいいのか分からなかったが、男の理屈っぽい言い方は新鮮だった。家にいる兄は自分の服や髪型、買いたい車のことばかり気にかけ、職場にいる男たちも仕事の愚痴や飲み屋の話が多く、こうして身近で、国のことを話す人間はいなかった。

「それで、小判を？」

「見つけようと思っているんだ。地図みたいなものが手に入る予定だから」

「地図？」

ああ、と男は言い、「さっき、殴られたのは実はそれが関係していたんだ」とぼそりと溢《こぼ》した。

「え」

「小判を僕に手に入れられたら困るグループがいくつかあってね、だから、脅してきたんだよ」男はそこで、思い出したかのように指で、前歯を触った。

「どうしたんですか」

「歯が折れていないかと思って」

「大丈夫ですよ」と若林絵美は言う。会った時から、彼の歯が白く、美しいことには気づいていた。「でも、その、脅してきたグループというのはいったい何なんですか」

男は少し顔を背け、こちらを見ようとしない。そしてしばらくすると、自分の靴の爪先《つまさき》を見つめるようにして、「ねえ、明日も会わないかい」と言った。

◇

「二ヶ月前、調査を依頼された時に聞いた際も、思ったが、そんな胡散《うさん》臭い話をよく真に受けたものだな」今、病室で若林絵美と向き合う黒澤は、本題に入る前に、彼女の依頼内容を再確認しつつ、そう言った。「小判があると思ったのか？」

「さあ。そりゃ、今から考えれば怪しいけれど、当時はね、わたしも純粋だったんだから。それに、あの時は夜で、不思議な雰囲気があって、見知らぬ男の人と二人きりだし、独特の、何と言うのかしら。洗脳？」

黒澤は笑う。「そんなに本格的なものではないだろう」

「でも、わたし、どこかで日常とは違ったものを期待していたのかもしれない。毎日、お茶を汲《く》んで、真面目《まじめ》に仕事をしているだけだったから、夜の銀座でたまたま会った男の人が、宝の地図を持って、危ないことをしようとしているなんて知ったら、やっぱり信じたくなるじゃない」

「俺にはそういった感覚はよく分からないが」黒澤は静かに言い、「とにかく、翌日も会ったんだな」と続けた。「そう言えば、名前は教え合わなかったのか」

「そうなの」若林絵美は答えた後で、堪《こら》えきれない笑いを口から噴出させた。「なんかね、彼がこう言ったのよ。今でも覚えてる。『僕は危ない使命を担《にな》っているから、僕の名前などは知らないほうがいい。何か事が起きても、君は知らぬ存ぜぬで通せるからね。君の名前も聞かないでおこう。そのほうがお互いのためだ』って。で、わたしもわたしで純情だったもんだから、『う、うん』とか受け入れちゃってね」

　黒澤は苦笑する。

「でも、記憶は定かではないけど、ほら、『君の名は』ってドラマとかあったじゃない。ラジオで」

「あったのか」

「あったのよ。あれは太平洋戦争の空襲で、数寄屋橋《すきやばし》で二人が出会っちゃうけど、似てるでしょ」

「似てる？」

「わたしとその男の人の出会いが」

「かなり大雑把に分類すると、似ているかもしれないな」

「あれも、二人は名乗らないのよ。だから、わたしもそのヒロインになったような気持ちでいたのかも」

「それで次の日も会った。さらにその翌日も会ったわけだ」

「その翌日も」

◇

会社を終えた後、銀座の三越のライオン前に到着した際、若林絵美は自分が騙《だま》され、からかわれているのかもしれないと不安になったものの、すぐに眼帯をあてた男の姿が見えて、ほっとした。

「殴られた痕《あと》、大丈夫ですか」と訊《たず》ねると、「こんな風に眼帯を着けると恥ずかしいけれど、なければないで、青く腫《は》れているから目立つんだ。でも、かと言って、せっかく君と会う約束をしたのに、来ないわけにもいかず」と答える。若林絵美は大きく笑う。普段は出したことのない、笑い声であることに、自分でも驚いた。

どちらから言うでもなく、数寄屋橋方面に向かい、ベンチで並んで、喋《しゃべ》り合った。

「ほら、こうして眼帯などしていると、銀座にもよく座っている傷痍《しょうい》軍人だと思われたりしないかな」と彼は言った。「これで犬でも連れていれば、投げ銭をもらえるかもしれない」

「その時に、小判も投げてもらえるかもしれないですね」若林絵美は少し声を高くし、気持ちが前のめりになって、言った。気の利《き》いた台詞《せりふ》を思いつき、口にすることなど生まれて初めての経験だった。

ああ小判とはね、これはいい。男が愉快そうに噴き出してくれ、若林絵美はほっとする。心地よさもあった。

「でもほら、銀座の傷痍軍人を、どこかの刑事が気にして、後をつけていったところ、立派な自宅で、妻子もいた、という話もあるだろう。見かけによらぬというか、何が富を生み出すのかは分からないのかもしれない」男は言い、それからまた、社会の未来について熱く語り出した。若林絵美はその話に惹《ひ》きつけられ、高揚した。自分が違う世界を覗《のぞ》き込んでいるような錯覚にも陥り、男から、「ところで君は今、どういう仕事をしているの」と訊かれた際には咄嗟に、「翻訳の仕事をしています」と嘘をついていた。どうしてそう口走ったのか理由は自分でも分からなかったが、他国と繋がる仕事のほうが男に軽蔑されないのではないかと考えたところもあった。

「翻訳の!」男は驚き、「英語? それともドイツ語?」と続けて問うてきた。仕方がなく、「スペインのほうの」と答えた。単に、職場の上司にスペイン語の勉強をしている男がいたからだ。幸いなことに、男はそれ以上、質してはこなかった。

黒澤は笑みを溢さずにはいられない。「翻訳家とはな」

「なかなか、いい嘘でしょ」若林絵美は開き直ったのか胸を張る。「センスがいいわよね、我ながら」

「嘘としては危なっかしいが。たとえばどんな翻訳を、と訊かれる可能性はある」

「守秘義務があるので、って答えるわよ」

「今なら、だろ。当時は無理だ。若いし、純粋だったんだろうしな」

「黒澤さん、鋭いね。あれはまあ、恥ずかしい思い出だよ。旦那《だんな》には言えない恥ずかしき過去」

「四日目でその逢瀬《おうせ》はおしまいだったわけだ」

「二十一世紀に、逢瀬、って言葉はまだ、生きているのかねえ」彼女は笑う。「でも、そうだったのよ。四日目に、彼は言ったわけ。『やっぱり、これ以上、会っていると君を危険に巻き込むことになるだろう』って」

「危険に、か」

「自分がやろうとしていることは、全学連からも、内閣からも反感を食らうだろう。両者から目をつけられるかもしれない。だから、君が危ない目に遭う前に、もう、会うのはやめよう。そう言ったわけ」

なるほど、と再び言う黒澤は明らかに、笑いを噛《か》み殺している。「ずいぶん、劇的な別れの口上だな」

「でしょ。本当は、わたし、そこで言いたかったの。『半年後に、またここで会いませんか』って。まさに、『君の名は』と同じようにね。だけど、そんなこと言えるわけもなくて」

「だろうな。で、それきりになったわけだな」今日のところは調査結果の報告に来たわけだが、こうして概要を再び確認すると笑ってしまう。

「だから、四日間、夜だけ。ベンチに座って、二時間くらい喋ったただけなのよ」

「八時間ってことか」

「黒澤さん、馬鹿《ばか》にしているんでしょ」若林絵美が笑う。「たった八時間の思い出を、五十年経《た》っても大事にしているなんて」

いや。黒澤はすぐにかぶりを振った。「昔見た、陸上のカール・ルイスの百メートル走は、ほとんど十秒くらいだったが、今でもよく記憶している。思い出は別に、時間とは関係がない」

「カール・ルイスと一緒にされてもねえ。嬉《うれ》しいような、嬉しくないような」

「とにかく、その男のことが気になったんだな」

「だって、あんなに無茶なことばっかり言ってる人が、ちゃんと生きていけるのかどうか心配だったし。わたし、しばらくは新聞を見るたび、あの男の人が載っているんじゃないかと気にしていたのよ」

「小判を拾ったニュースでか」

「そう。もしくは、暴力を受けたり、脅されたり。そうじゃなかったら、スパイ容疑とかね」

「スパイ？」

「そんな雰囲気があったからね」

「たぶん嘘だぞ、全部」黒澤が言うと、若林絵美は驚くでもなく、「ああ、黒澤さん、よくあの人のことを調べられたね」と言う。

「それはな」と黒澤は何事もないように、実際、彼からすれば大したことはしていないのだが、続ける。「ほら、さっきも言っただろ。二代目社長だった男に会った、と」

「ああ、あの、わたしに好意を抱いてくれていた」

「モンブランのポジションの、男だ」

若林絵美の目尻に皺ができる。「で、その人がどうかしたの」

「実は、あの男は、当時、気になる女性がいつになく、足取り軽く退社していくことを気にしたようだ」

「わたしのこと？」

「そうだ」

調査を続け、二代目社長に辿《たど》り着いたのは一ヶ月前だった。突然、現われた黒澤が、五十年前の話を訊ねると、彼は最初こそ当惑したものの、すぐに饒舌《じょうぜつ》になった。果樹の栽培に関する会社をはじめたばかりとはいえ、細君はすでに他界しており、二人の息子はともに事業に失敗し、借金の処理に奔走しているらしかった。親子そろって、借金に押し潰されてしまいました。これもDNAが関係しているんですかねえ、と自ら大きく笑う様子は、豪胆で大らかな性格ゆえというよりは、暗く落ち込むことにくたびれ果てたから、とも受け取れた。空元気だ。だから、若林絵美の話は、彼にとっては現実から少しでも遠ざかる、好都合の話だったのかもしれない。嬉々《きき》として、縋《すが》るような必死さを持って、話した。

「私ね、後をつけたんだよね。確か」二代目社長は罪悪感なく、言った。誇らしげでもあった。

「後をか」

「ええ。あまりにも絵美ちゃんが楽しそうで、それこそいつもの、水兵リーベも鼻歌みたいにしていてね。スキップしはじめるくらいで。だから、会社が終わった後で、どこに行くのかとつけたんです」

そうしたところ銀座じゃないですか。二代目社長は手を大きく開き、華やかな街に驚き、目を輝かせる真似《まね》をした。

「彼女はすぐに三越に入ったんです。それでトイレに行って、出てくると、もう着替えていてね。赤色のワンピースで。俺も驚いちゃって。そうしたら、ライオンで男と待ち合わせていて、歩き出したんですよ」

「片思い、敗れたりだな」黒澤がからかうように言うと、二代目社長は、「まあ、往生際《ぎわ》が悪いからね、私はちょっと違う風に考えたんですよ」と鼻をこする。

「ああ、これは男に騙されているに違いない、とね。だって、相手の男は胡散臭い眼帯をしているし、二人でどこへ行くでもなく、日比谷《ひびや》近くのベンチに座って、喋っているだけなんだから。こりゃあ、うまいこと言われて、金の無心でもされているのか、もしくはほら、口車に乗せられて、ショーガールの仕事でもさせられるんじゃないかと思ってね」

「違う風に？」

「いろいろ考えるものだな」

「単に、絵美ちゃんに恋人がいることを認めたくなかったんだろうね、私も。それで、二人が別れた後で、今度は男の後をつけたんだ」

尾行にはそれほど苦労しなかったという。地下鉄に乗ったものの、男は寄り道もなく、まっすぐに小さなアパートに帰った。二代目社長は頭に血が昇っていたのか、迷うことなく、男の消えた部屋の玄関ドアを叩《たた》いた。出てきた男が何事かとたじろいでいる間に、「あの子に何をしているんだ」とまくし立てた。

「俺はあの女性の養育を任されているものだからな、とか、でたらめを喋っちゃってね、私も。いいか、とにかく二度とあの子と会うな、って」

「ひどいもんだな」黒澤は呆《あき》れる。それによって、一人の女性の、動き出したばかりの恋愛が、急停止を余儀なくされたのだ。横からの強風で、線路からひっくり返ったようなものだ。

「そうしたら、あの男もこう言ったんです。『分かった、言う通りに、女にはこれ以上、関わるのをやめておく。実際、俺も、彼女の前で見栄《みえ》を張り、身の丈に合わない嘘をついてしまっているから、どうしたものかと悩んでいるところだったんだ』とね。どうやら、あの男、自分のことを東大の医学生だと説明していたらしくて」

「違うのか」

「そんなに、東大の医学生は転がっていませんよ」二代目社長は笑う。「あとは、政治のことなどまったく知らないくせに、偉そうなことを語ってしまった、と悔いていました。ただ、男は、もう一度だけ会って、別れを言わせてくれ、と私に頭を下げたんです。明日の晩も会う約束をしてしまった。彼女に待ちぼうけを食わせて、不安がらせるのは忍びない。明日会って、それでもう会うのはおしまいにする、と言わせてくれとね。今から思えば、ちゃんとした男だったのかもしれない」

というわけだ。と説明すると、若林絵美は驚いて、「あの、社長の息子さん、そんなことをしたわけ？」と目を見開き、「あらあ」と言った。頭の整理がなかなかつかないのだろう。

「でもまあ、二代目社長が邪魔をしなかったとしても、その男とはうまくはいかなかったかもしれないな。東大医学生は嘘であったし、ほら、そっちも」

「翻訳家だしね」彼女は目を細める。「嘘の上に嘘を塗って、何が何だか分からなくなっちゃって。でも、人の恋路を邪魔するとはねえ」

「馬には蹴《け》られなかったが、借金には潰《つぶ》されている」黒澤は肩をすくめる。「だけどあの二代目社長のおかげで、今回、男のことを追えたのも事実だ」

「え、そうなの？」

「男のアパートを覚えていたからな。正確には、アパートと部屋の位置を覚えていた。だから、俺はそこに出向き、あたりを聞き込んだ。もちろん当時のアパートはなかったが、同じ場所に、マンションが建っていた。大家は代替わりしていたが、とはいえ、それは当時の大家の息子だった」

「あらあ」

「もともとの大家は几帳面《きちょうめん》だったらしくてな、今までの契約書のたぐいや家賃の領収書などを、全部、取ってあった」

「昔のものも？」

「そうだ。手書きの台帳のようなものがあった。おかげで俺は、当時の、その部屋の借主の記述を見つけることができたんだ」

「古いとはいえ、個人情報でしょ。よく見せてくれたわねえ」

「まあな」

もちろん、黒澤が訪れて、「昔の借主の情報を知りたい」と言っても、相手は許可しなかった。急にやってきた、愛想もない黒澤にそこまでする必要はない。門前払いは、常識的な対応と言える。黒澤には、金を支払い、交渉する手もあったが、相手があまりに傲慢《ごうまん》な頭ごなしの態度を取ったことが引っかかり、その手はやめた。かわりに、慣れたやり方を選択した。相手の生活スタイルを観察し、不在のタイミングを狙《ねら》って、家に忍び込んだのだ。台帳を見つけると、目当ての情報を探した。ついでに、箪笥《たんす》の中にしまわれていた封筒の、へそくりと呼ぶにはあまりにも分厚い札束の中から、数枚を抜き取った。盗んだ金額を記した、領収書めいたメモを残し、立ち去った。空き巣と探偵のどちらが副業なのか、だんだんと分からなくなってきている。

「でも、黒澤さん、そこからどうやってさらに、男の居場所を見つけたのよ。そこで分かるのはせいぜい、名前くらいじゃない」

「当時の勤め先も記してあったな」

「そこに今度は訪ねていったの？　黒澤さん、大変だったわねえ」

「まったく、依頼してきた奴《やつ》の顔が見たいくらいだ」と黒澤は言って、指を出し、彼女を指した。

「あの彼って、どこに勤めていたの？」

「ああ。田口広告という名前で」

「広告代理店？」

「広告を代理している、という意味ではそうかもしれないな」

「広告を代理ってどういうこと」

「当時、銀座の通りをサンドウィッチマンがよく歩いていたらしいな。それだ。田口広告が請け負っていたのは」

若林絵美は一瞬、どういう意味か分からないためか、きょとんとしていたが、すぐに、「あらあ」と笑った。「本当に、東大の医学生じゃなかったのね」

黒澤はうなずく。「若林絵美が、翻訳家ではなかったように」

◇

さて、と黒澤はそこで声の調子を変えた後で、「どうする？　まだ話を続けるか」と訊《たず》ねる。

「まだ、続きがあるの？」

「せっかく二ヶ月も調べて、これだけしか報告できないのは申し訳ないからな、俺なりに面白い話を考えてきた」

「あなた、面白いことを言える雰囲気ないけどね」若林絵美は鋭く指摘すると、腰を上げ、「ちょっと待ってね」と言ったかと思うと、ベッドへと歩み寄り、夫の呼吸を確認するように自分の耳を、相手の鼻に近づけ、それからまわりの器具に触り、布団《ふとん》を掛け直した。「この人の夕食の準備まで、少し時間があるから、教えてちょうだい。面白い話」と再び椅子《いす》に戻ってきて、言う。

「期待されると困るが」黒澤は首を回した。「ただのこじつけだからな」

「ただのこじつけかあ」若林絵美が大袈裟《おおげさ》に、がっかりしてみせる。

「実は、ふと、そっちから聞いた話の中で、出てきたキーワードのことを考えてみたんだ」

「キーワード？　わたしの話にそんなのあった？」

「いや、俺が勝手に、拾い上げただけなんだけどな。たとえばだ、銀座で初めて、その男と喋《しゃべ》った時、何が話題になった」

「何だっけ。小判とか」

「柳だろ」

「ああ、そうね、柳ね」

「柳は植物だから、二酸化炭素を吸って、酸素を出す、と」

「よく覚えているわね、黒澤さん、そんな話」

こっちの台詞《せりふ》だ、と黒澤は顔を歪《ゆが》める。「それから、こう言っていたじゃないか。男はやたら、歯が綺麗《きれい》だった、と。前歯が折れなくて良かった、と男が言った」

「それがどうかしたの」

「それでだ、もう一つ、六十年前の思い出話も使わせてくれ」

「六十年前の思い出話って何よ。ああ、あの、迷子になった時のね。わたしが小学生の時の。使うってどうするの」

「遊園地で、迷子の少年と会ったのは、ゴキブリが原因だった。そうだろ」

「違うわよ。会った後で、ゴキブリを見つけて、あっちの子が蹴ってくれたの」

「ああ、そうだな。ちなみにゴキブリを倒すグッズを知っているか？　昔はよくつかわれたらしいが」

「スプレーじゃなくて？　ホウ酸団子とか？」

黒澤は口角を上げ、指を立てる。「それだ」

「あのね、何が言いたいのか分からないんだけれど、黒澤さん」

「すぐに分かる。その後で、迷子の恋人同士は炭火焼きの焼き鳥を食べた。そう言っていただろ」

「そうね」

「炭に含まれているのは何だか分かるか？　炭素だ」

「え」

黒澤は少し喋る速度を上げる。「そして、迷子の恋人同士は別れ際に挨拶《あいさつ》をできなかった。なぜなら、少年がトイレに行っていたからだ。小便をしに、な。小便といえば、アンモニアだ。アンモニアの化学式を知っているか。NH_3だ。Nっていうのは、窒素だ」

すでに、黒澤の意図が分かったからか、若林絵美は愉快げに相好を崩し、横にした手のひらで、「どうぞどうぞ、好きに進めなさい」と仕草で示していた。

「今度は銀座での話に戻るぞ。さっきも言ったように、男との話題に出たのは、柳だ。酸素を吐き出す、植物の話だ。それから、前歯だ」

「フッ素ね」

「そうだ。当時は、虫歯予防の概念なんてなかっただろうがな、今ならフッ素を配合された歯磨き粉が売られている。まあ、フッ素が良いとか悪いとか、賛否両論あるみたいだが、とにかく、歯とフッ素は結び付けられる」

「こじつけね。それでどうなるの？　ちゃんとそろったわけ」

「察しがいいな」

「黒澤さんの喋り方が親切だからね。順番をちゃんとすれば、最初は、ホウ酸団子でしょ。ホウ素がBだっけ」

「そうだ。ホウ素、炭素、窒素、酸素、フッ素、と並べば、B、C、N、O、F」

「僕の舟ね。最後の、Neはないけれど」

「Neはネオンだ。銀座にはきっとたくさんあっただろう」

水兵リーベ僕の舟、と若林絵美はリズム良く、口ずさみ、手を小さく叩いた。ぱちぱち、よくできました、と言う。

「教えてもらった思い出話には、偶然にも、僕の舟の元素が全部、入っていたわけだ」

「こじつけよ」

「驚いたか」黒澤は言う。「ちゃんと元素記号の並び通りになる。発見だろ」

「でもさ、黒澤さん、それはほんと、無理やりでしょ。炭火焼きが炭素とか、歯が綺麗だからフッ素だとか、全部、あなたが強引にこじつけただけじゃないの」

「そうだな。やれば、こんなことは誰にでもできる」黒澤は認める。「ただ、楽しいだろ？」

「確かに、まあ、楽しいけど」若林絵美は言うと、ふっと息を吐いた。「それで黒澤さん、話を戻すけれど」

「戻すか。今の、俺の発見の余韻にもう少し浸っていなくても大丈夫か？」と自ら失笑するように、言った。

大丈夫大丈夫、と若林絵美も笑う。「それで、黒澤さん、あなたの報告はまだあるの？」

黒澤は持ってきた鞄《かばん》からデジタルカメラを取り出す。

「その、カメラは何かしら」若林絵美が訊ねる。「ああ、そうか。黒澤さん、あの時の銀座の男に会って、写真を撮ってくれたのね？　そうなんでしょ。ねえ、見せて。どんな男になっているのか、どきどきするわね」若林絵美は立ち上がり、黒澤の隣にやってきたかと思うと、体を押し付けてきて、カメラを覗《のぞ》くようにした。

「いや」黒澤はかぶりを振る。「撮っていなかったな」

「ちょっと、それくらいしてくれても良かったんじゃないの」若林絵美は言葉ほど不満げではなく、軽口を叩《たた》いているだけのようにも見えた。「そんなの、手抜きもいいところでしょ」

「確かに、写真くらいは撮っておくべきだったかもしれないな」黒澤は言って、カメラの電源を入れ、構える。正面には、若林絵美の夫が寝ているベッドがあった。器具が囲んでいる。シャッターを押すと、清冽《せいれつ》な泉から水が跳ねるかのような音がし、室内の光景を摑み取る光が走った。

「何してるのよ。試し撮り？」

黒澤はボタンを押し、デジタルカメラの液晶画面に今、撮ったばかりのベッドを表示させる。それを、若林絵美に渡す。「ほら、これだ」

「これだ、って何よ」

「おまえの探していた男だ」

◇

若林絵美は、侮られた、軽んじられた、と言わんばかりの不快感をはじめは浮かべ、「ちょっとふざけないでよ」と声を上げたが、「え」と首を傾《かし》げると、「ちょっと、どういうこと」と黒澤の前の椅子に座り直した。

「五十年前のアパートの台帳を調べた。田口広告に勤めている、その男の名前は、若林拓司《たくじ》、となっていた。どうだ、旦那《だんな》の名前と一緒じゃないか？」

「まさか」彼女は口元を歪め、こめかみを引き攣《つ》らせた。「からかっているでしょ、黒澤さん」

「からかう理由がない。もちろん、同姓同名の可能性はある。偶然かもしれない。五年後に、見合いして結婚した男と同じ名前だった、というだけだ」

「だって、お互い、気付かなかったなんて、ありえると思う？」

「暗い夜、四日間だけ。しかも、眼帯をしていた。何より二人とも、自分の仕事を偽って、銀座の恋を楽しんでいたんだからな、平静な精神状態ではなかったはずだ。記憶は加工される。美化されることも多い。たぶん、若林拓司はその時、ただ単に、町で酔っ払いに絡《から》まれていただけなんだろう。それではあまりにみっともないから、話をでっち上げた。バーに誘っても断られ、恥を掻《か》いたから、虚勢を張ろうとした。そんなところじゃないか？」

「どうしてそんなことを」

「女と懇《ねんご》ろな間柄になりたかったんじゃないか」

「この人が？　そういうタイプじゃなかったわよ。真面目《まじめ》で」

「だからこそ、結婚した後も言えなかったのかもしれない」

「ありえるかしら。普通は、そういう若い頃の話を喋ったりするものじゃない」

「それなら、自分はどうだ？　銀座での四日間の、謎《なぞ》の男との思い出を、夫に話したか」

若林絵美は押し黙った後で、「でも、友達には話をしたことあるわよ。『こう見えてもわたしも昔は、ロマンチックなことがあったのよ』って」と主張した。

「彼も一緒だ」と黒澤はベッドを指差す。「彼の昔の友人を見つけて、話を聞いた。三人と会って、一人から聞き出せたよ。若林拓司が酔った際に、自慢したらしい。若い頃、サンドウィッチマンの仕事をしていた時に、『君の名は』を現実にしたような、出会いがあったんだ、と」

「ちょっと待って」若林絵美は手を出した。ストップ、一時停止、と合図を出すかのようだ。「落ち着いて考えさせて。ええと、それって、うちの旦那も、わたしがあの時のニセ翻訳家だとは気付いていなかったってこと？」

「たぶんな」黒澤は言う。「今、そこで話を聞いて、びっくりしているところだろう」

若林絵美は体を反転させ、後ろを見る。「ちょっと、あなた、本当なの？　ねえ。すごくびっくりよ」

寝たきりの夫はまったく動かないのだが、黒澤はじっと目を凝らしてしまう。「さっきの俺の、元素記号のこじつけのほうがよほど、びっくりすべきことだけれどな」と真面目な顔で言い、腕時計を見る。そろそろ面会時間も終わりに近づいている。

「最後にもう一つ」

「何？」

「さっきも言ったように、今回、俺はさほど大した調査をしなかった。難しい仕事ではなかったんだ」

「喜ばしいわよね」若林絵美は笑うが、今はそれどころではないのか、立ち上がり、そわそわと室内を行き来し、「ねえ、何なの、結局、わたしは、あの人と結婚したってことなの？」と言った。

「せっかくだから、初恋のほうも調べようと思ったんだ」

「え？」

「オプションサービスみたいなものだな。六十年前の遊園地に足を伸ばした。ほとんどが新しくなっていたし、管理棟も綺麗になっていた」

「でしょうね。というか、本当に行ったの？　一人で」

「偉いだろ」

「どうしてまた」

「六十年前の、迷子の男が見つからないかと思ってな」

「嘘《うそ》でしょ。もう、何も残っていないんじゃないのかしら」

「いや、ところがな、昔の管理棟も一応、遺《のこ》されてはいたんだ。資料館という名目で、木造のぼろぼろだったが」黒澤はデジタルカメラをまた操作する。軽やかな音が鳴る。半月前に撮った写真を表示させる。「ちゃんと見えればいいんだが」

「何をよ」

「その管理棟の壁だ」

「壁？」

「最初に依頼してきた時の話で言っていただろう。迷子になった二人は、管理棟の壁に落書きをした、と。俺が訪れた建物を見ると、確かに、壁にはたくさん、相合傘が書かれていたんだ」

「本当に？」

「子供の背丈を考えれば探す場所は限定できた。尖《とが》った石で削ったんだろうな、消えずに残っていたぞ」

「嘘でしょ」若林絵美がまた、黒澤のもとにやってきて、カメラを覗き込む。

「俺もさすがに笑ったがな、『えみ』と書かれた名前の横に、何と書いてあったか分かるか？」

六十年前よ、分かるはずがないじゃない、と若林絵美は言った。が、すぐに表情を硬くすると、「あ」と口を開き、「まさか。そんなことないわよね」と黒澤の横顔を見つめた。

黒澤はカメラのボタンを操作し、表示した画像を拡大する。若林絵美が覗き込む。すでに、そこに記されている名前を想像しているのか、伸ばした指が震えていた。

「ただ偶然、同じ名前なのか、それとも、イッツ・ア・スモールワールドなのかは分からないがな、後者だとすれば、ずっとこの男の」黒澤はベッドを指差す。「『僕の舟』に乗っていたわけだな」

若林絵美はしばらく硬直したままだった。

笑おうとするが、困惑のせいか、どこかぽかんとした様子だ。

黒澤はじっと、その彼女を眺めている。

「ええと」若林絵美は間延びした声を発し、その後で、「本当に？」とぼそりとこぼした。黒澤の答えを必要としているわけではなかったのだろう、すぐに、「まったく」と大きな溜め息を吐き出した。「嬉しいような、がっかりしたような。何とも言えない気分ね。わたしの大事な思い出が、夫に台無しにされた気もするし」

「なるほど」

「ああ、さっきの傘もこっちから見たら、舟みたいだったね」とカメラを指差し、表情を緩めたかと思うと、頬に涙を流した。

黒澤は腰を上げ、「どちらにしても」と小さなテーブルの上に封筒を置き、「調査費用の振込先はここに書いてあるから」と声をかけ、病室から出て行く。

（参考文献）
『私の銀座風俗史』石丸雄司著　銀座コンシェルジュ編（ぎょうせい）

3コデ5ドル

越谷オサム

越谷オサム（こしがや・おさむ）

一九七一年、東京生れ。二〇〇四年「ボーナス・トラック」で日本ファンタジーノベル大賞優秀賞を受賞しデビュー。著書に『陽だまりの彼女』『階段途中のビッグ・ノイズ』『空色メモリ』『金曜のバカ』『せきれい荘のタマル』『いとみち』『くるくるコンパス』など。

『つー・ぷりーず』

細く形のいい指を二本立てて、今日もケイコはかすかに微笑《ほほえ》んだ。あまりうまくない英語だけど、小鳥のような声は耳に心地いい。

「あー、3コデ5ドル。オトク、オトク」

相手の微笑につられて笑みを浮かべながら、僕はケイコの英語以上にまずい日本語で言った。「サンコ・デ・ゴドル」で「3 for 5 dollars」という意味になるらしい。

『のー。つー・ぷりーず』

どこかはかなげな微笑みのまま、相手が首を横に振る。このやりとりも、今日で三日連続だ。

「3コデ5ドル。ヤスイネ。……三つ分の値段で二つだけ買うのは損なんだよ」

相手にはなかなか通じないと知っていながら、僕はつい英語を使ってしまった。メリンダばあさんが売りに来るプルメリアの切り花は、一輪あたり75セント。それをこのTOMODACHIギフトショップでは2ドル50セントで売っている。「ヘア・ピンと水道代込みなんだよ」とリタは言うけれど、それを差し引いても店の取り分が多すぎるだろう。しかも、二つでも三つでも値段は変わらない。こういう仕組みを知っているから、ケイコに損をさせたくないのだ。

「いいかい？　君は一日あたり二つしか必要ないのかもしれないけど、もう一つはホテルの部屋にでも飾っておけばいいじゃないか。空調の効いた部屋の中なら夜までもつし——」

「ジョン」

リタのヒキガエルのような声が背中に浴びせられる。いまの「ジョン」に「黙って売りな」という意味が込められていることを、僕は知っている。振り返ると、ジャバ・ザ・ハットみたいな体型をした僕の伯母は思ったとおり、ジャバ・ザ・ハットみたいな顔を左右に振っていた。お情けで働き口を作ってもらった僕にとって、銀河帝国を牛耳る土産物屋の命令は絶対だ。

肩をすくめてみせてから、ケイコに向き直る。

「オーケー。2コネ。5ドルデス。ツツミマスカ？」

『の一。……あー、そのままで』

はにかみながら両手を振る。かわいい。つい、顔をじっと見てしまった。いや、だめだ。仕事をしないと。

ラッピングは『の一』ということは、花は誰かへのプレゼントではないらしい。そのあとのSで始まる日本語の意味は、よくわからない。まあ、聞き流しても問題ないだろう。

ケイコが指さした二輪の白いプルメリアを、リタがティン・バケットの水にひたしたまま枝からカットする。そして切り口に軽く湿らせたクリネックスを巻きつけて、ピンで留める。この伯母は、見かけによらず手際《てぎわ》がいいのだ。

会計を済ませたケイコに、花が手渡される。彼女の手はとても小さくて、たった二輪のプルメリアでいっぱいになってしまった。

ほとんどの観光客は、買った花をその場で髪に挿《さ》す。そうすると『とろぴかる』な気分になるそうだ。でも、ケイコはそうしない。黒くまっすぐな髪に白い花はよく映《は》えると思うのに、いつもビニール製のトート・バッグにそっとしまってしまうのだ。

『さんきゅー』

たぶん三歳くらい年下の僕に小さくお辞儀をして、ケイコはTシャツや木彫りの人形が並ぶ店内から、乾季の強い陽射《ひざ》しが照りつけるサード・ストリートへと出た。僕もそのあとに続く。いつもはお客を店の外まで見送るようなことはしないんだけど、ケイコは特別だ。

レンタカーに乗り込んだケイコが、窓を開けてもう一度僕にお辞儀をした。日本人はたいてい礼儀正しいものだけど、ここまで慎《つつ》ましいのはケイコくらいだろう。着ているのは、ありふれたTシャツとハーフ・パンツ。クルマを運転するからか、足にはフリップフロップスではなくスニーカーを履いている。ごく典型的な観光客の恰好《かっこう》なのに、感情の抑制された雰囲気はまるでテレビで見たサムライの妻みたいだ。

でも、このティエラロハ島に遊びに来る日本人のほとんどは、みんなそれなりにくだけた笑い顔で過ごしているものだ。その顔で朝から夕方までビーチで遊び、食べきれないほどの夕食をオーダーし、何かに急《せ》き立てられるように買い物をし、あわただしく飛行機に乗って帰って行く。

ケイコも彼らと同じようにすべきだとまでは思わないけれど、もう少し打ち解けたところを見せてくれてもいいんじゃないか。そんな思いで手を振ってみたら、彼女も小さく振り返してくれた。この三日間で初めての反応に、体がくすぐったくなる。

日本のクルマや道路はステアリング・ホイールの位置も車線もティエラロハとはあ

べこべなんだそうで、ケイコの運転する青いヤリスはオーシャン・ロードの方向へとおっかなびっくり走っていった。これでもう、一日のうちで最大の楽しみが終わってしまった。まだ朝の十時なのに。

「おーい、ジョン」道の向かい側から、平べったい声がした。見ると、細長い葉をエルビスの袖《そで》のように垂らしたモクマオウの樹《き》の下で、ベンチに腰掛けたポノレノがニヤニヤしていた。「ジョン、ケイコの名前はわかったか？」

「うるさいな、もう」

僕はクルマの行き来のない車道を横切り、ポノレノが休んでいるモクマオウの陰に入った。ここは風の通り道になっているのかいつも涼しく、額の汗がたちまち引いていく。

「たった5ドルの買い物しかしない客を店の外まで見送るなんて、TOMODACHIもずいぶん変わったもんだな」

「不景気だからね。僕だって手ぐらいは振るよ、なにせ相手はお客なんだから」

「『なにせ相手は美人のお客なんだから』、だろ？」

「どうかな」

スズメやミツスイたちのさえずりの下、島内随一のスケベオヤジが喉《のど》の奥で笑う。

「まあ座れよ、ジョン」僕をとなりに座らせてから、ポノレノは続けた。「しかし気をつけたほうがいいぞ、ああいう女には」

「どういうこと？」

「たまにいるんだよ、母国《くに》で犯罪に手を染めて、ほとぼりが冷めるまで辺鄙《へんぴ》な南の島に身を隠そうっていう連中が」

「ケイコがそうだっていうの？　まさか」

冗談とも本気ともつかないしかめ面で、ポノレノは声を低くした。

「考えてもみろよ、観光以外に産業らしい産業がないこの島に、若い女が一人で来るか？」

「ダイバーにはわりと多いだろ、女の一人客だって」

「この時間にタウンで買い物しているダイバーなんて、おれは聞いたことがないね。高級ブランドのバッグや靴を目当てに島にやって来る女もいるけれど、もしケイコがそうだとしたら、おれはTOMODACHIではなくミドル・ロードの免税店を彼女に薦めるね」

ポノレノは左右の手のひらを上に向け、肉のだぶついた首をすくめてみせた。あくまでも自説にこだわるつもりらしい。

「あ、わかったぞ。うらやましいんだろ？　あんな美人、ポノレノの店にはぜったいに来ないもんね」

「いや、昔は女の客もけっこう来たんだよ、昔は。ジョンはまだこーんなチビだったから知らないだろうがな、夜も九時を過ぎれば女の二人連れや三人連れがキャッキャ言いながら冷やかしに来たもんだ」

寝起きのコーヒーを苦そうに啜《すす》り、ポノレノは後ろを振り返った。

モクマオウの陰に隠れるようにして、紫色に塗りたくられたポノレノの店がひっそりと佇《たたず》んでいる。その名も「パープル・パレス」。アダルトビデオやアダルトブックを売るセックスショップだ。昔はずいぶん繁盛《はんじょう》していたらしいけれど、僕がTOMODACHIで働くようになってからのここ三ヵ月で、客が入っているところはほとんど見たことがない。ポノレノが言うには、インターネットで無修正のムービーが手軽にダウンロードできるようになったのに加えて、日本の航空会社が運行していたナリタ直行便が廃止されたのが影響して、お得意様の日本人客がさっぱり来なくなってしまったんだそうだ。

ちなみに「ポノレノ」というのは本名ではなく、ニックネームだ。ポノレノ自身が見よう見まねで看板に書いた日本語の文字が少しまちがっているらしく、日本人には

「Ponoreno」と読めるらしい。それが、いつしか僕たち島の連中にも伝わったのだ。

「なつかしいなあ、本当にいい時代があったんだよ、店にも、この島にも」

ポノレノがため息をつき、シカゴ・カブズのキャップをとった。そして苦い顔のまま、ダニー・キムの店のヤキソバみたいにちぢれた髪をがりがりと掻《か》く。その昔は「ティエラロハのライオネル・リッチー」と呼ばれたスケベオヤジも今ではすっかり髪が薄くなり、腹も出た。ところで誰だ？　ライオネル・リッチーって。

キャップをかぶり直し、元・ライオネルは僕の肘《ひじ》をついてきた。

「貸してやった『日本語会話集』、少しは読んだのか？」

「ん？　ああ、まあね」

僕は視線を逸《そ》らした。珊瑚《さんご》まじりの舗装が眩《まぶ》しい。

「じゃあ、『十一月』は？」

「十一月？　あー、ジュ、ジューチガツ？」

「『もう一度言ってください』は？」

「あー、うーん……、マタイマショウ？」

「それは『また会いましょう』だ」ポノレノが、大きな鼻の穴から息を吐いた。「なあ、ジョン。お前ももうすぐ二十歳だ。日常会話くらいの日本語は話せないと、この島で生活していくのはむずかしいぞ。フィリピン人たちを見ろ。島に来てたったの二ヵ月で、日本語はおろか簡単な韓国語や中国語まで話せるようになる」

「またフィリピン人の話？　ポノレノは島に出稼ぎに来る奴《やつ》らと地元の人間のどっちの味方なの？」

「敵だ味方だという話じゃない。生きていくためにはあのくらいのしたたかさが必要だと言っているんだ。わかるだろ？　せめてジョンも、日本語でジョークが言えるくらいには外国語を学んでおけ」

　口を開けばくだらない冗談ばかり飛ばしていたポノレノも、今じゃすっかり説教くさくなった。歳《とし》をとったんだろう。

　僕が返事をしないでいると、ポノレノがしびれを切らして言った。

「お前だって、ケイコに『3コデ5ドル』だの『ヤスイ』だのといった言葉しかかけられないのはもどかしいだろ？」

　それは素直に認める。ケイコがいつまでこの島にいるのか知りたいし、日本のなんていう町に住んでいるのかも知りたいし、本当の名前だって知りたい。じつは「ケイコ」というのは、ポノレノが勝手につけた名前なのだ。「日本人には多いんだよ、サチエとか、ミユキとか。あのもの静かな雰囲気は、ケイコだな」と、二日前にこのべンチで自信たっぷりに頷《うなず》いていた。当たっているかどうかは、知らない。

「ねえ、ポノレノ」

「ん？」

「『あなたの名前はなんですか』は、日本語でなんていうんだっけ」

「それをおれに聞いて、そのままケイコに伝えるのか？」

「そのつもり」

ポノレノの喉が、いびきのように鳴った。

「あのな、ジョン。お前、ハイスクール入学三日目に『あなたの名前はなんですか』って女の子に聞いたか？　聞かないだろ？　まずはきっかけになる軽いやりとりがあって、その流れで『僕はジョン。君は？』って聞いたもんだろ？　日本語の会話だって同じだよ。土産物屋の若い男にいきなり名前を聞かれたら、ケイコだって身構えるさ」

「ああ、たしかに」

女のことになると、ポノレノの指摘はけっこう的確だ。

「何事もそういうもんだ。外国語を学ばなければ金を稼げないし、女も口説けない。減ったとはいえ日本人は今でもこの島のお得意様だし、韓国人の富裕層も増えてきた。

それから、なんといっても中国人だ。中国語はこれから先、日本語以上に重要になるぞ」

「いやあ、中国語は必要ないんじゃない？　入国管理法とかいうやつが変わったせいで、何年か前まであれだけ増えてた中国人客があんまり来なくなっちゃったじゃないか」

　ポノレノは静かに首を振った。

「法律なんてものは、アメリカと中国のえらいさんの立ち話ひとつでコロリと変わるもんだ。考えてもみろ、この西太平洋の島がスペインのものになったときも、日本のものになったときも、そしてアメリカのものになったときも、おれたちのご先祖様にはとくに断りもなかっただろ。最近でいえばナリタ直行便の廃止だって似たようなもんだよ。大事なことは、おれたちの都合なんかお構いなしに決められるんだ。だからジョンも、変化への備えは万全にしておけよ」

「なるほど。ポノレノは備えが万全じゃなかったから、売れないポルノの在庫を抱えて途方に暮れているわけか」

「生意気なことを言うな」

　いつもならこのくらいの憎まれ口は軽く笑い飛ばすポノレノだけど、景気の悪い話をしたせいか、今日はめずらしくむっつりとしている。

「悪かったよ。いまのは言いすぎた。お詫《わ》びに、次の給料日にはＤＶＤ買いに行ってあげるよ」

「店に入るのは、二十一歳になるまで待ちな」

法律ひとつで簡単に潰《つぶ》される商売をしているせいか、このセックスショップの店主は年齢制限にはうるさい。

「あーあ。アメリカも、その方面の法律だけは今すぐ変えてくれていいのに」

ポノレノがだしぬけに、膝《ひざ》を叩《たた》いた。

「よし、決めた」

「何を？」

「明日ケイコがＴＯＭＯＤＡＣＨＩに来たら、今のお前の言葉を日本語に訳してやろう」

「やめてよ。こっちは誤解を解けるだけの語彙《ごい》がないんだから」

「な？　外国語は大事だろ？」

ニヤリと笑う。スケベなくせに言っていることは正しいのがくやしい。

「オーケー。ポノレノの言うとおりだよ、外国語は大事だ。で、変化への備えの第一歩として、『君に似合ってるよ』って日本語でなんていうか教えてくれない？」

「ケイコに使うのか？」

「もちろん。『きっかけになる軽いやりとり』ってやつだよ」

やれやれ、とポノレノがため息をつく。

「ずいぶんとケイコにこだわるんだな。若い女の旅行者ならお前も何百人と見てきただろうに、ケイコのどこにそんなに惹《ひ》かれたんだ？　彼女よりホットな女の子なんて何人もいただろ？」

「なんていうか、ホットじゃないからかえって気になるんだよ。あ、もちろん彼女が刺激的《ホット》じゃないって意味じゃないよ。説明しにくいけど、ほかの子とは何かがちがうんだ。一人だけ冷静《クール》っていえばいいのかな。うーん、冷静っていうのもちょっとちがうな。そうじゃなくて、こう、謎《なぞ》めいているというか、守ってあげたくなるっていうか……、いや、そんなことは関係ないじゃないか。いいから『君に似合ってるよ』の日本語を教えてよ」

「『似合う』という意味の日本語か。あー、なんだったかなあ。おれがお客によくかける言葉は『マルミエ』とか『ムシューセー』だからなあ」腕組みしてしばらく考えていたポノレノは、ポンと手を打った。「ああ、思い出した。『オニアイ』だ。『オニアイ』。『デスネ』を付ければより丁寧な表現になる」

「『オニアイ』か。簡単な言葉でよかった。オニアイ、オニアイ。よし、明日ケイコが花を買ってくれたら言ってみよう」

「でもケイコは、花を身に着けたりはしないんだろ？　バッグに入れちまうのに『あんたに似合ってる』はないんじゃないか？」

「ああ、そうか」

「上達への道は遠そうだな」

異論はない。なんだか恰好《かっこう》がつかなくて、僕は口を尖《とが》らせた。

「ケイコが素直に頭に着けてくれればいいんだよ。いったいどこへ持っていくんだろう。しかも買うのは毎度二つだ」

「サシミにして食うんじゃないか？」

「まさか」

「きっと彼女に三つは多すぎるんだ。日本人は少食だからな」

TOMODACHIの前に一台のバンが停まった。中から出てきた中年男たちは、まずまちがいなく日本人だ。足元の靴がピカピカの新品なのですぐにわかる。きっとシャイン・リョコーで来たのだろう。

陽射しに顔をしかめながら店に入っていく日本人たちを眺めて、ポノレノが声を弾ませた。

「おやおや、男ばかりのツアーか。今夜はおれの店にも、まとまった数の客が来るかもしれないな」

「そうなることを祈るよ」

頷きあっていると、リタが巨体を揺らして店先に出てきた。道の向かいの僕を手招きする。

「ジョン」

いまの「ジョン」に「お客だよ。手伝いな」という意味が込められていることを、僕は知っている。

＊

ところどころ塗装の剝《は》げたトランクハッチを閉めると、年代もののホンダはギシギシと大げさに体を軋《きし》ませた。

「じゃあ行ってくるね。一週間の掃除免除、約束だよ？」

声をかけると、リタは無言のままけだるそうに片手を挙げた。人に用事をたのんでおいて、この伯母の口からは「気をつけて」のひと言もない。それでも、僕の気分は上々だった。ノーザン・エリアにあるアダム叔父さんの家に魚を届けるだけで開店前の掃除から逃げられるんだから、僕にとっても悪い取り引きじゃない。

店を出てすぐ、サード・ストリートとオーシャン・ロードとの交差点で赤信号に遮られた。僕のクルマのエア・コンは壊れているので、停まると風が入らず必然的に暑くなる。そして目の前を横切るオーシャン・ロードを走るクルマは、ない。信号を無視してそーっと交差点に入ってしまおうかと左右を窺《うかが》っていると、歩道側から外国語の悪態が耳に飛び込んできた。父親らしいアジア人の男性が、五歳くらいの男の子の手をとって引っぱり上げている。どうやら男の子が歩道の窪《くぼ》みに足をとられて転んでしまったらしい。泥水に突いた手と顔、新品の〈TIERRA ROJA〉のロゴ入りTシャツが見事な赤茶色に染まっている。きっと、今朝のシャワーで水が溜《た》まっていたんだろう。あそこはこの島の人間でもときどき引っかかるポイントなのだ。早く直せばいいのにと思うけど、ポノレノに言わせると「修繕するにも、自治政府にカネがない」らしい。

ぶつぶつ言いながらホテル・ロードの方向に引き返す家族連れをサイドミラー越し

に眺めているうちに、信号がグリーンに変わっていた。北方向に曲がってここから先、信号は二箇所しかない。海を左手に見ながら10マイルばかり進み、山に登る細道に入って五分も行けば、ジャングルに飲み込まれつつあるアダム叔父さんの家が見えてくる。話好きのマリアばあちゃんが来ていなければ、ランチの前に店に戻れるだろう。

山寄りの右手には、梢《こずえ》いっぱいに真っ赤な花を戴《いただ》いたフレイムツリー。海辺の左手では、等間隔に植えられたヤシが海風に葉を揺らしている。この島いちばんの立派な通りを、僕と同い年のホンダはにぎやかなエンジン音を立てて進む。が、速度は音とは対照的に遅い。この錆《さび》だらけのクルマは、スピードを出しすぎるとオーバーヒートしてしまうのだ。

何年か前までアメリカ人が経営していたシーフード・レストラン跡の前を横切る。タイヤがギャップを踏み、運転席の後ろでプラスチック製のクーラーがガタンと跳ねた。レストランの看板を目にしたフエダイが逃げ出そうとしたんじゃないかと想像すると、ちょっとおかしい。もちろん、とっくに死んでいるんだけど。

ビールを買うついでにマカダミアナッツの缶からシュノーケリングのセットまで山ほど買ってくれたありがたいシャイン・リョコーの客たちが『ぐっばい、ぐっばい』と言いながらTOMODACHIを去るのと入れ替わりに、ジョージ伯父さんが強盗のような勢いで入ってきた。この人はリタの旦那《だんな》で、店が比較的忙しくなる週末を除けば午前中はたいてい釣りをして過ごしている。肩から提げたクーラーには型《かた》のいいフエダイが二匹入っていて、そのうち一匹を僕がアダム叔父さんの家に届けることになったのだ。

アダム叔父さんは去年まで香港《ホンコン》系のホテルで働いていたんだけど、そのホテルが島から撤退してしまってからは次の職に就けずにいる。最近はすっかり元気をなくして家に閉じこもりがちで、マリアばあちゃんが三日に一度は様子を見に行っているそうだ。フエダイは、そんなアダム叔父さんを元気づけるための贈り物ということらしい。

「あーあ」

景気の悪い話を吹き飛ばそうと、僕は大きな声を出してみた。まあ、吹き飛ぶはずもない。カネに苦労しているのは自治政府や親戚《しんせき》ばかりではなく、僕の世代も同じなのだ。クラスでもトップクラスの成績だったディアズがありついた職業は、ホテルのプールサイドでソフトドリンクを売る係。ハイスクールでいちばんの美人だったジュリー・マングローナは、観光客相手のテーマ・レストランでパートタイムのウェイトレス。そして僕は、伯母の経営する土産物屋になんとか置いてもらっている。アメリカ政府の手厚い保護があるから飢え死にすることはまずないけれど、これでいいなんて誰も思っていないだろう。どうにかしなければという焦《あせ》りは、僕にだってある。でも何から手をつければいいのかわからないし、どうにも面倒だ。

ポノレノはフィリピン人をやたらと持ち上げるけれど、彼らにははっきりとしたモティベーションがある。賃金がアメリカの標準に近いこの島で働けば、国に帰る頃にはちょっとした金持ちになっているのだ。一方、賃金だけでなく物価もそれなりに高いこの島に暮らす僕たちは、どんなに働いたところで生活が楽になることはない。しかも経済状況は年々悪くなる一方で、島のあちこちで貧相な姿を観光客に晒《さら》している。「この島でいちばん流行《はや》っているチェーンストアの名は『FOR　RENT』だ」なんてジョークまであるくらいだ。これじゃどう考えたって、島の将来に期待しようがない。

交差点で見たどろんこの男の子の姿を、ふと思い出した。本人はむしろ楽しそうだったけれど、両親はもう一度この島に子供を連れて来ようと思うだろうか。あのしかめっ面を見るかぎり、そうはならない気がする。

朝方に空を覆《おお》っていた雨雲は沖まで吹き流されて、ターコイズ色の海は飛び込みたくなるほどきれいだ。でも、なんだか気持がクサクサする。きっとポノレノが柄にもなくシリアスな話をしたせいだ。

アクセルを踏みかけた僕は、それが目に入ってたっぷり五秒は経《た》ってからブレーキを踏んだ。青いヤリスだ。路肩に停まっていた。しゃがみ込んでバンパーの下をチェックしていたのはアジア人の若い女。黒くまっすぐな髪が地面に付かないように、片手で押さえていた。まちがいなく、ケイコだ。

ガタつくシフトノブをバックに入れ、僕は前進に匹敵する速度でクルマを後退させた。老いぼれのホンダが唸《うな》りを上げる。

道の先から猛然とバックしてくる中古車を目にして、ケイコがあわてて立ち上がった。

「TOMODACHI!　TOMODACHI!」

手を大きく振りながら店名を繰り返すと、相手の肩から力が抜けるのが見えた。僕の顔を覚えてくれていたらしい。10フィートほど手前でクルマを停め、ケイコのそばまで駆け寄る。

「どうしたの？　故障？」

『あー……。とらぶるど。かー、すとっぷ。きゃんと・むーぶ』

うっかり英語で話しかけたら、たどたどしい英語が返ってきた。ほかの日本人と同じように、ケイコは簡単な英語なら話せる。僕は子供に語りかけるように、ゆっくりと発音した。

「オーケー。あー、エンジン・トラブル？」

『めいびー』

ジェスチャーを交えて、さらに働きかけてみる。

「じゃあ、僕が、君のクルマに乗って、試しにイグニッション・スイッチを、回してみます。オーケー？」

『おーけー。ぷりーず』

まるで七つの女の子みたいに澄んだ目で、ケイコは僕に頷《うなず》いてみせた。

なんとしても信頼に応《こた》えようと意気込んでイグニッション・スイッチに手をかけてみたものの、ロックが掛かっていてまったく動かない。ごまかし笑いを浮かべながらエンジンフードを開けてみても、おかしなところは見当たらない。ひょっとしたらラディエイターあたりがイカレたのかもしれないし、バッテリーの不調かもしれない。でも、詳しいことはよくわからない。クルマが止まったときの状況を聞ければ少しはヒントになる可能性もあるけれど、尋ねようにも僕には日本語の語彙が不足していて、答えようにも彼女には英語の語彙が不足している。

エンジンフードを閉め、僕はゆっくりと質問した。

「ええと、カー・レンタル・デスクの電話番号は、わかりますか？」

『あ、はい。ちょっと待って。じゃすと・もーめんと』

「ハイ」と「チョット」のあとに「matte」と聞こえる日本語を口にし、それから英語を付け足して、彼女は車内に上半身を潜らせた。助手席に置かれたバッグを漁《あさ》るケイコのお尻《しり》はまるで無防備で、僕はすぐに視線を逸《そ》らした。いや、僕が紳士だからそうしたのではなく、見ているところを見られたらややこしいことになるから、そうしたのだ。

英語と日本語と韓国語で注意事項が書かれた黄色いペーパーを受け取り、僕は自分の携帯電話を使ってデスクに電話を掛けてみた。応対に出たおばさんの返答は、これぞティエラロハ・スタイルというべきのんびりしたものだった。なんでもガス欠を起こした別のクルマの処置のためにスタッフが出払ってしまっているそうで、こっちに来るのは「一時間くらい先かしらね」だそうだ。「ここまで帰って来られるなら、すぐに別のクルマを用意するわ。その日本人にそう伝えてちょうだい」

さて、この一連の英語をどうやって通訳しよう。

考え抜いた挙句に、僕は指を一本立ててみせた。

「あー、ワン・アワー」

『わん・あわー？』

ケイコも指を立て、それから困り顔になる。これで大筋は通じた。

彼女はクルマの中からバッグを取り出し、サイドポケットにしまってある腕時計を取り出した。眉根《まゆね》を寄せる。こういうときに浮かべる表情は、どこの国の人間も一緒だ。

「あなたは、急いでいるんですか？」

『いえす。あー、のー』

頷いてから、首を横に振る。彼女の英語力で説明するにはむずかしい事情があるらしい。

僕は今になってやっと、ケイコの美しい髪に一輪のプルメリアが飾られているのを見つけた。

『恥ずかしいとこ見られた』

視線に気づいた彼女が、僕にはわからない言葉で呟《つぶや》いた。控えめなケイコに、控えめな色の花は想像どおりよく似合う。

そうだ、「似合う」だ。見とれている場合じゃない。こういうときに日本語を使わなくて、いったいいつ使うんだ。なんだったっけ、「似合う」という意味の日本語。

ポノレノから教わったばかりだぞ。あのときポノレノが口にした言葉は、ええと、「ムシューセー」じゃなくて……、ああ、思い出した！

「マルミエ！　マルミエ！」

ケイコの口が半開きになる。発音が悪かったのかと思って、僕は彼女の頭の花を指さしながらもう一度「マルミエ」と言った。喜んでもらえると思ったのに、相手はなぜか不審げに肩をすくめた。なんだ？

ちがう！「マルミエ」じゃない。「オニアイ」だ！「マルミエ」は、ああ、なんてことだ、セックスショップの店主が客にかける言葉じゃないか。それを僕は、三度も……。

「オニアイ、オニアイ。ごめん、ノー・『マルミエ』。君のプルメリア、とてもオニアイ」

英語と片言の日本語で何度も弁解する様子がおかしかったのか、ケイコがほんの少しだけ笑い声を漏らしてくれた。恥ずかしげに首をかしげながら、頭の花を指さす。

『お似合い？』

「うん。オニアイ」

『さんきゅー』

そう答えてはにかむ。彼女のどことなく物憂《ものう》げな佇《たたず》まいと、ときどき見せるふわりとした微笑《ほほえ》みの落差に、僕はもう完全にやられている。

「ところで、あなたは、そのクルマに乗って、どこに行くところだったのですか？」

『あー、かったん・びーち』

カッタン・ビーチか。それならここからせいぜい2マイルだ。まあ、「せいぜい」とはいっても、歩いて行くにはちょっと遠い。

「カッタン・ビーチ、僕はよく知っています。若い人はエイゴに訳して『ノース・ビーチ』と呼びます。静かで、キレイ海岸です。それで、ええと、もしよければ、僕のクルマで、そこまで行きませんか？」

親切のつもりでそう言ったんだけど、ケイコは探るような目で僕を見上げた。言葉の意味がわからないのではなく、警戒しているらしい。『ばっと……』と言ったまま、次の言葉を見つけられずにいる。

「ちょっと待って。ちょっと待ってて」

僕はホンダに駆け寄ってサンバイザーからライセンス・カードを取り出し、このジョン・ナルバエズが身元のたしかな十九歳であることを証明しようとした。が、彼女が納得してくれた様子はない。そこで僕は再びクルマに引き返し、ダッシュボードに押し込んだままの写真の束を引っぱり出した。去年のクリスマスにマリアばあちゃんの家で撮られた写真だ。そこには二十人ちかい親戚に混じってターキーに食らいつくリタや、当時生後一ヵ月だった従姉《いとこ》の娘をこわごわ抱っこする僕の姿も写っている。写真の数々を見たケイコは、まるで僕をくすぐるような笑い声を立てた。

『ぐっど・ぴくちゃー。いず・でぃす・ゆあ・ふぁみりー？』

「そう！　みんな僕の家族だよ」

通じたことがうれしくて声を弾ませると、ケイコがひょいと僕を見上げ、顔をほころばせた。

『この子、どこまでも素朴なんだなあ』

なんて言ったかわからないけど、きっと「楽しそうなパーティね」とでも言ってくれたのだろう。

「それで、どうかな。僕のクルマに乗って、カッタン・ビーチへ行きましょうか。一時間後に、ここに、帰ってきましょう」

もう一度誘いをかけてみると、ケイコは小さく頷いてくれた。

『いえす』

イエス！

＊

オーシャン・ロードを左に折れて、ギンネムの林に通された細いダートを30ヤードばかり進むと、やがて視界いっぱいが青で塗りつぶされた。海だ。

「わお」と、おもわず声が出てしまう。助手席のケイコが不思議そうな目で僕の横顔を窺《うかが》った。「地元の人なのに海がめずらしいの？」とでも言いたそうだ。そう思う気持ちはわかるけれど、ちょっと言い訳させてほしい。このカッタン・ビーチはサザン・エリアにある僕の家からは遠いのでなかなか来ない場所だし、ティエラロハの中でも透明度が抜群で、この島で生まれ育った人間でも心が躍ってしまうような美しさなのだ。

ホンダから降りると庇《ひさし》の大きな帽子を頭にかぶり、ケイコは珊瑚礁《さんごしょう》を眺めた。

『びゅーてぃふる』

聞き取りにくいけど、きっと「Beautiful」と言ったんだろう。

「ハイ。キレイネ。カワイイ」

日本語で答えたら、彼女が笑い声を漏らした。またまちがえたのかな？

『えーと、なんて言ったらいいのかな。あー、カワイイ・みーんず・ぷりてぃ・おあ・きゅーと』

なるほど。

「つまり、カワイイは、うーん、たとえば、ハロー・キティに対して使うのかな？」

『いえす！　はろー・きてぃ・いず・カワイイ。ぐっど』

慣れない英語で一生懸命「カワイイ」の意味を教えてくれるケイコが、僕にはハロー・キティよりはるかにカワイイに見える。

そんな彼女はもう一度海を見て、『べりー・かーむ』と言った。

「そうだね。今日は、とくにおだやかだね」

なんて幸運な日なんだろう。ケイコと二人きりで海を見ていられるなんて。彼女にすぐ動かなくなるようなクルマを貸し付けたオフィスに感謝しなければ。

さらに幸運なことに、いや、いつものように、この美しいビーチに僕たちのほかに人影はない。どのホテルからも離れている上にシャワーや更衣室も用意されていないので、観光客が遊ぶには不便なのだ。週末になれば近所の住人がバーベキューをしに来たりはするけれど、今は平日の昼前だ。鳥の声と風の音のほかは何も聞こえない。

陽射《ひざ》しは痛いほどで、砂も熱い。クロックスの底から熱が伝わってくるほどだ。

そういえば、彼女はどんな目的でここに来たんだろう。Tシャツの下に水着を着込んでいる様子もないし、ほかの日本人のように写真撮影に夢中になることもない。砂浜に立って、エメラルド色の珊瑚礁と沖の真っ白な雲を眺めるばかりだ。

なんとなく話しかけづらい感じがして、僕はそっと屈んで帽子の下の彼女の横顔を窺《かが》った。その目からは、クルマのトラブルで困っていたときのようなあどけなさが消えている。

視線に気づいたケイコが、小首をかしげた。

「あっ。あー、ゴメンナサイ」

僕は日本式のお辞儀をして、礼を欠いた行為を詫《わ》びた。

ケイコは小さく頷き、それからふいに屈み込んだ。『あっつ』と、感嘆詞のようなものを呟きながらスニーカーとソックスを脱ぎ、裸足《はだし》になる。この人は足の形まできれいだ。

スニーカーを揃《そろ》え、手元のバッグからもう一輪のプルメリアを手に取る。

『私こそ、「ごめんなさい」だね。ほんとはこっちの花には、ピンはいらないの。英語だとうまく説明できなくて』

なんて言ったんだろう。

『あんまりまじまじと見ないでほしいんだけどなあ』

僕にはわからない言葉を呟いて笑みを漏らした彼女は、プルメリアの茎につけられたヘア・ピンとクリネックスを外すと、その二つをバッグに丁寧にしまってから砂の上に置いた。裸になった花を包むように両手で持ち、波打ち際《ぎわ》へと進む。

ケイコが『べりー・かーむ』と評したとおり、このビーチに寄せる波は小さい。テイエラロハの西海岸にあるビーチのほとんどがそうであるように、ここも1マイルも沖まで続く珊瑚礁が防波堤代わりになっているのだ。

濡《ぬ》れた砂につけられた小さな足跡が、透き通った水の中へ消えていく。僕もクロックスを脱ぎ捨てて、彼女の数歩あとをついていった。外海から隔離された水は温かい。膝《ひざ》下まで水に浸《つ》かったところで、彼女が歩みを止めた。僕も立ち止まる。

膝を折ったケイコは透き通った水に手を差し入れ、花を浮かべた。

星型をしたプルメリアの影が水底で揺れるのを、僕は黙って見つめていた。小さな波に引かれ、戻されながら、花は水面を漂う。

『ほら、行っといで』

ケイコは花に囁《ささや》きかけるように言葉を発し、両手でそっと水面を掻《か》いた。波紋に押されて、プルメリアがほんの少しずつ砂浜から離れていく。どうしてそうするのかはわからないけれど、彼女は花を沖の方に運びたいらしい。

「僕も手伝おうか？」

英語の中でもよく使われる表現だからか、体を起こしたケイコは聞き返すことなく頷《うなず》いた。二人で屈んで、水に浮かぶプルメリアを沖へと押しやる。あまり大きく波を立てると沈んでしまうので、あくまでもそっとだ。

脚を水に浸けているとはいっても、重ささえ感じられそうな陽射しの下で手を動かし続けるのはなかなかたいへんだ。プルメリアが水面の乱反射にときどき隠れるくらいまで遠ざかったところで、僕は背中を伸ばした。それから五回か六回水を掻いてから、ケイコも体を起こす。手を振って水を切ると、彼女は僕に『さんきゅー』と言った。

「どういたしまして」

こんな簡単な言葉さえ、僕は日本語では言えない。

『ごめんね、おかしなイベントに付き合わせちゃって。でもほら、おかげでずいぶん遠くまで行ったよ』

彼女が指さす先を見ると、プルメリアが目をこらさなければ見つけられないほど遠ざかっているのが見えた。うまく流れに乗ったらしい。

『アキオは、見つけられるかな』

なんだろう？　ハワイイかオキナワあたりの地名みたいな言葉を口にしたけど。

僕と目が合うとすっと視線を逸《そ》らし、ケイコは続けた。

『プルメリアが好きな人なの。おかしいでしょ？　毛むくじゃらで山賊みたいな大男のくせに、そんなかわいい花が好きだなんて。本人に言わせると、「白い花弁の中心の黄色が、情熱を内に秘めている感じでいい」んだって』

「プルメリア」と「カワイイ」は聞き取れたので、あてずっぽうで答える。

「そうだね。海に浮かぶプルメリアはカワイイだね」

『やっぱり通じてないか』

ケイコが苦笑いを浮かべた。まちがってたかな？

意思の疎通《そつう》がうまくできないもどかしさにうつむくと、青い小魚が二匹、足元を素早くすり抜けるのが見えた。スズメダイの仲間だ。ケイコに教えてあげようと思ったけど、スズメダイの日本語での名前がわからない。「Fish」でもきっと通じるだろうと気づいたときには、魚はどこかへ行ってしまっていた。

ケイコが、ひとり言のように日本語で言った。

『言葉が通じないほうが、構えないで話せるかな。ね、聞いてくれる？　なんでカッタン・ビーチに通ってるか』

ビーチの名前しか聞き取れなかったので、僕はとりあえず笑顔で頷いてみせた。『あれ？　通じてる？　まあ、いいか』ケイコは小首をかしげ、思い直したように続けた。『じつはこの珊瑚礁の向こうにね、私の大切な人がいるの。プロの写真家なんだよ、あまり売れてないけど。格安航空券で世界を渡り歩いて、花とか子供とか、海とか、魚とか、そういう写真をたくさん撮ってくるの。もう、いかにも売れないカメラマンって感じでしょ？　実際そうなんだけど』

微笑みかけられ、僕は言葉の意味もわからないまま頷いた。

『そんな売れないカメラマンに、ある日ビッグ・チャンスが回ってきたの』

「ビッグ・チャンス？　いいね」

わかる単語にだけ反応する。

『そう、ビッグ・チャンス。アメリカの航空会社の機内誌から、十一ページもある特集のオファーが来たの。その雑誌、成田からの飛行機にも置いてあった。依頼書に載っていた仮タイトルだってまだ覚えてるよ、「ティエラロハ、再発見」。アキオはものすごく張り切っちゃって、部屋の中で変なダンスまで踊って、下の階の人に怒られて小さくなってるの』

ケイコは愉快そうに笑う。言葉のほとんどは聞き取れないけれど、「ビッグ・チャンス」で「ダンス」ということは、きっとすごく楽しい話なのだろう。僕も楽しさを分かち合いたい。もっと彼女の言葉がわかればいいのに。

『出発の日は私も仕事があったし、空港まで見送りにも行かなかった。よく、「悪いことの前には胸騒ぎがする」なんていうじゃない？　そんなのもまったくなし。ファミレスでご飯食べて、駅の改札で手を振って別れて、それが最後。向こうのお母さんが涙声で電話してきても、『邦人写真家、海で行方不明』なんて記事を見ても、ぜんぜん実感湧《わ》かなかった。この島の警察は「当時の状況から、死亡したものと推定される」なんて発表したらしいけど、「そうですか」なんて簡単には頷けないよ』

声が震えている。どうしたのだろうと帽子の下を窺うと、彼女の頬を涙が伝うのが見えた。僕は勝手に「ビッグ・チャンス」の話だと思い込んでいたけど、そうじゃなかったらしい。うろたえてしまって、声をかけることもできない。

混乱したまま、僕は視線をあちこちにさまよわせた。尖《とが》った翼を広げて空を舞うアジサシ。沖合にはマシュマロのようにモコモコとした積乱雲。後ろを向けば、陽射しを浴びて白く輝く砂浜。開放的な景色の中心で、彼女だけが悲しみに沈んでいる。

『さすがにもうね、頭では理解してるの、帰ってくることはないって。この沖でいなくなってから半年だもん。でも、あり得ないってわかってても、つい望みを託してみたくなっちゃうんだよ、「お気に入りだったプルメリアを見かけたら、ひょっこり出てきてくれるかもしれない」なんて。だって、のんびりした人だもん。みんながあきらめた頃に「どうしたの？」ってなにくわぬ顔で現われそうで』
指でしきりに涙を拭《ぬぐ》いながら、それでもときどき彼女は微笑《ほほえ》んだ。
『ほんっとに、のんびり屋というか、ずれてるというか、鈍いというか。ひどいんだよ、彼の本心を探ってみたくて、一度だけ「できれば二十五歳になるまでに結婚したいなあ」って言ってみたことがあるのね。そのときは「よし。ユリの二十五回目の誕生日までに式を挙げよう」なんてきっぱりと言い切ったくせに、その後ほとんど進展なくて。期限日のはずの誕生日にアキオ、何してたと思う？　知床《しれとこ》半島でヒグマの写真撮ってたんだよ。そんな男だもん、みんなが心配してるの知らないで、今でも海の中で夢中になって熱帯魚や珊瑚を写真に撮っているような気がしちゃうじゃない。それを、し……、「死亡したものと推定される」なんて。そんなこと決めつける前に、もう少しくらい捜してくれたっていいじゃない。たったの三日で捜索打ち切らないでよ。「もういいよ。港に戻ろう」って、アキオに声かけてあげてよ』
ケイコは肩を震わせ、まるで子供のように声を上げて泣いた。いまの彼女に、僕にサムライの妻などという突拍子もない連想をさせた静けさはない。あの落ち着いた物腰は、乱れる感情を抑えつけようとする姿だったのだろうか。そんな気がする。言葉の意味はほとんどわからなかったけれど、彼女が何を言っているのかはこんな僕にも感じとることができた。きっと、この海で悲しい出来事があったんだろう。ひょっとしたらプルメリアは、誰かを弔《とむら》うためのものなのかもしれない。

それにもうひとつ、感じとれたことがある。彼女がたびたび発音する「アキオ」という言葉には、深い慈《いつく》しみの感情が込められていた。初めのうちは「アキオワ」という地名なのかと思っていたけれど、そうではなくてきっと人の名なのだろう。考えてみれば、日本人の男性名らしい響きだ。兄弟だろうか？　いや、もっと特別な感じだ。たぶん、恋人。

顔を見たこともない、本当に恋人なのかもよくわからない男に僕は嫉妬《しっと》し、同時に親しみも覚えていた。きっと、アキオはいい奴《やつ》なんだろう。ケイコがこんなにも取り乱すほどなんだから。

立ち尽くすケイコの脚を、さざ波がやさしく洗う。それはなんだか、アキオが彼女を慰めているようにも見えた。

『ごめんね、こんな話に付き合わせちゃって』

ケイコは顔を上げ、沖に視線をさまよわせながら言った。「ゴメン」という言葉の意味くらいはさすがにわかるけど、どうして僕に謝るのかはよくわからない。

「気にしないで」と英語で答えると、彼女はかすかに頷いた。

『この島は初めてだけど、来るまではいい印象持ってなかった。あんな警察発表があったせいで、むしろ冷たくてひどい所だと思ってた。事故の前の話だけど、会社の友達も「かなり寂《さび》れてるから、小さなハワイをイメージして行くと愕然《がくぜん》とするよ」なんて言ってたし。でも実際に自分の目で見てみたら、静かで、海がきれいで、人がおだやかで、鳥がたくさんいて、花もたくさん咲いてて、想像よりずっといい所だった。だけどそれが、かえって悲しいの。「こんなにのんびりした所なら、アキオもゆっくり眠れるだろうな」なんて考えてる自分がいて。私だけはぜったいにあきらめないって思ってたはずなのに、心のどこかで事実を受け容《い》れようとしているの。そんなの、いやなのに……』

止まりかけていた涙が、また溢《あふ》れ出る。

日本語でも、このさい英語でもいい。彼女の苦痛が少しでもやわらぐ言葉があるのなら、それをかけてあげたい。だけど僕は日本語がほとんど話せないし、英語でだってうまく伝えられるかどうかわからない。

自分の無力ぶりがうらめしくて、視線がひとりでに足元に落ちた。陽光に鱗《うろこ》をきらめかせ、青いスズメダイたちが小刻みに鰭《ひれ》を動かしている。戻ってきたらしい。

「見て。魚だよ。カワイイ」

僕が指さす先を、ケイコが目で追った。

『ほんとだ。かわいいね』涙の跡がついた顔を上げて、僕に頷きかける。『「カワイイ」の使い方、もうばっちりだね』

「なに？」

『ううん。なんでもない』

ケイコは首を横に振り、それからぎこちない、しかし美しい笑顔を作ってみせた。

＊

リタによると今朝、アダム叔父さんから電話があったらしい。グリルして食べたフエダイがとてもおいしかったそうだ。

家まで届けるのが一時間以上も遅れたので、ひょっとしたら腐ってしまったんじゃないかと心配していたけれど、ホンダを停めた位置がちょうどフレイムツリーの木陰になっていたのがよかったらしい。叔父さんの家でクーラーを開けたときに変な匂いもしなかったし、氷も半分くらいは溶けずに残っていたし、魚の目も濁っていなかったのできっと大丈夫だ。うん、大丈夫だ。

そういうわけで無事に魚を届け、開店前の掃除を一週間免除されたんだけど、僕は今日もTOMODACHIギフトショップの周りを掃き清めている。ちょっとした心境の変化というやつだ。

めずらしく朝から真面目《まじめ》に働いている僕を見て、ポノレノが道の向かいでニヤニヤしている。

「感心だな、ジョン」

「普通のことだよ」僕は手を動かしたまま答えた。「それよりゆうべ、シャイン・リヨコーのお客は来た？」

ニヤニヤ笑いが大きくなった。

「日本から来る中年男たちがみんな彼らみたいだったら、おれは五年かそこらで宮殿暮らしができるぞ」

それはよかった。

ホテル・ロードの方から、白いヤリスがゆっくりとこちらに近づいてきた。ケイコだ。今日も来てくれた。

きのうの青いヤリスが動かなくなったのは、どうも貸した側の整備不良が原因だったらしい。カー・レンタル・デスクの人たちはいろいろと言い訳をしていたけれど、早い話がそういうことだ。ティエラロハにはよくあることだ。でも、「よくあること」で済ませてはいけないんだと思う。ひょっとしたらこういうことの積み重ねが、日本の航空会社を遠ざけたのかもしれないんだから。

きわめて慎重に車体を縁石に寄せ、中からケイコが出てきた。

『はろー』

「ハロー。コニチワ」

ミッスイたちのさえずりの下、ケイコが入り口を指さす。

『おーぷん？』

「もちろん。どうぞ、入って。イラッシャイマセ」

僕は箒《ほうき》を投げ出して、ケイコを中へ迎え入れた。彼女が相手だと、顔がひとりでにほころんでしまう。

店に入った彼女はポストカード・ラックのそばでくるりと振り返り、はにかみながら小さくお辞儀をした。

『あー、さんきゅー、ふぉー……、いえすたでい？』

疑問形になったけど、言いたいことはわかる。

「あー、ドウイタマシテ」ゆうべ『日本語会話集』で勉強した言葉だ。「ドウイタマシテで、合ってる？」

『うーん、惜しい。ドウイタシマシテ・いず・これくと』

「ドウイタ……マシマシテ？」

ケイコが、小さな肩を揺すって笑った。

『のー。ドウイタ・シ・マシテ』

「ドウイタシ、マシテ？」

『いえす。ざっつ・らいと』

「アリガトゴザマス」

ふふっ、と笑う声がカワイイ。

『アリガトウゴザイマス、だよ』

「あー、アリガトウ、ゴザイマス」

『ぐっど』

「アリガトウ、ゴ、ゴザイマス」

『いえいえ、こちらこそ。そー、あい・うぉんと・とぅ・ばい・ふらわー』

「どうぞどうぞ、こっちだよ」花の種類ごとに並べられたティン・バケットの前まで案内し、ケイコに選んでもらう。「ブーゲンビリア、ハイビスカス、プルメリア。どれも摘みたてだよ」

『プルメリア。すりー・ぷりーず』

しなやかな指を三つ立てる。

「スリー？」

おもわず聞き返してしまった。

『すりー・ぷりーず』

「ツーじゃないの？」

「ジョン」

店の奥の椅子《いす》に腰掛けているリタが、僕に呼びかけた。いまの「ジョン」に「言われたとおりに売りな」という意味が込められていることを、僕は知っている。

「オーケー。3コデ5ドルネ」

会計を済ませてもケイコは手渡されたプルメリアをなかなかバッグにしまおうとせず、品定めをするようにしげしげと見比べた。やがてそのうちの一つを選び、僕に差し出す。

『でぃす・いず・ふぉー・ゆー、ジョン』

名前を呼ばれた！

「僕に？　いいの？」

『いえす。あー、いえすたでぃ……、の、お礼』

「オレイ？」知らない日本語が出てきた。あとで調べよう。「まあとにかく、アリガトウゴザイマス、あー……」

『ユリ』

ケイコじゃなかったのか。ポノレノめ。でも、ついにわかったぞ。

「ユリ。いい名前だね」

『さんきゅー。ジョン・いず・ぐっど・ねーむ・とぅー』

「ほんとに？　うれしいな」

いや、自分でも平凡だと思うけどね。

名前の話になったこの機会に、できればアキオのことも聞き出しておきたかった。彼女とどんな関係の人なのか、とても知りたい。でも、そこまで踏み込むのは失礼だろう。

元ケイコのユリは落ち着きなく視線をさまよわせ、それから遠慮がちに切り出した。

『あー、でぃす・いぶにんぐ、あい・ますと・ごー・ばっく・とぅ・じゃぱん。そー、あいど・らいく・とぅ・せい・ぐっばい』

「え？　今日の夕方？」

『いえす』

「そう……」

顔が引きつってしまう。これまで何百という観光客と接してきたけれど、お客と別れるのがさびしいなんて思ったのは今日が初めてだ。でも、ユリは日本人の旅行者の中ではむしろ長くいてくれた方なのだ。明るく送り出さないと。

「あー、ティエラロハは楽しんでくれた？　タノシイ？」

尋ねたあとで、僕はなんてバカなんだろうと思った。泣くほど悲しいことがあったはずのこの島を、ユリが楽しめたわけがないじゃないか。

しかし心やさしい彼女は、悔やむ僕に頷《うなず》きかけてくれた。

『いえす。あい・うぉんと・とぅ・びー・ばっく・とぅ・てぃえらろは』

「ほんとに？　いつ？　夏？　秋？　クリスマス？」

少し間が空いてから、答えが返ってきた。

『あー、ねくすと・いやー。めいびー』

「来年だね？　本当に来てくれる？」

「ジョン」

リタが平べったい声を背中に浴びせてきた。その先は言われなくてもわかる。たしかに、お客を困らせるのはよくないよな。

「オーケー。来年、マタ……、マタイマ、マタアイマショウ」

『はい』

たしかに、そう答えてくれた。

ユリを送ろうと陽射《ひざ》しの下に出た拍子に、本当に来てくれるのかな、という疑問が過《よぎ》った。でも、信じよう。彼女はこの島をタノシイと認めてくれたんだから。

ヤリスのそばで何かを思い出したように立ち止まったユリは、トート・バッグの中にアキオの分のプルメリアを大事そうにしまうと、もう一つを丁寧に髪に挿した。やっぱり、よく似合う。

「オニアイ」

今日は、正しい日本語が言えた。モクマオウの下で、ポノレノが親指を立てている。

『ありがとう。ジョンは？』

と、ユリは僕の手にある三つめのプルメリアに視線を送った。挿せ、という意味らしい。その目を見た瞬間、背中がゾクゾクと震えた。こんなにいたずらっぽい表情を作れる人だったのか。

ためらってはみたけれど、ここまで期待されたら断れるものじゃない。慣れない作業に手こずりながら3コデ5ドルの花を耳の上に飾ると、とたんにポノレノが爆笑しやがった。笑いすぎて今にもベンチからずり落ちそうだ。後ろからも笑い声が聞こえる。振り返ると、店の奥でリタが手を叩《たた》いて大笑いしていた。ユリまでが体を折り曲げて笑っている。

「ひどいよ、三人とも笑うなんて」

拗《す》ねる僕に、ユリは体を小刻みに震わせながら言った。

『お似合い。とてもお似合いだよ』

とりあえず、褒められたみたいなので気を取り直すことにする。

クルマに乗り込んだユリは窓を開け、こみ上げる笑いをこらえながら『ばい』と手を振った。

「うん。またね」

僕はあえて、「Bye」ではなく「See you」と答えた。そうなるように願いを込めて。

ユリのヤリスは今日も、強い陽射しの中をアキオの待つビーチへと、おっかなびっくり走っていく。

クルマが見えなくなってしばらくしてから、僕は振っていた手を下ろした。なんだか、急に静かになっちゃったな。

「おい、ジョン。その花、もう外していいんだぞ」

ポノレノが、さも愉快そうな顔で自分の頭を指さす。

「いや、いいんだよ」

僕はポノレノに笑いかけ、箒を手に取った。ユリがせっかくくれた花なんだし、外す時間も今は惜しい。なにせ来年までにやっておくことが、僕にはたくさんできたんだ。まずは掃除を終わらせて、それから棚のTシャツをきれいに畳み直して、食品棚のチェックと補充もして、店が暇なようなら『日本語会話集』で「オレイ」の意味を調べよう。

ああ、そうだ、交差点の歩道の窪《くぼ》み。あれどうにかできないかな。舗装はさすがに素人《しろうと》の手には負えないけど、ビーチの砂を運んで詰めるくらいの応急処置ならできそうだな。ちょっと面倒だけど、やってみようかな。

水曜日の南階段はきれい

朝井リョウ

朝井リョウ（あさい・りょう）
一九八九年岐阜県生れ。早稲田大学文化構想学部在学中の二〇〇九年、『桐島、部活やめるってよ』で第二十二回小説すばる新人賞を受賞しデビュー。著書に『チア男子!!』『星やどりの声』『もういちど生まれる』『少女は卒業しない』など。

指の腹が痛い。右手に握ったピックが汗で滑りそうになり、もう一度ぎゅっと力を込める。このギターでもう何回弾いてきたかわからないイントロが始まると、観客はどこか落ち着いたような表情を見せた。ライブの最後の曲はコレだと、もうずっと前から決まっている。みんなきっと聴き慣れているから、このイントロを聴いただけでふっと顔の力が抜けるのだ。

◆

目を閉じて音を感じる。屋外だと音の返りがないので薄い演奏になるけれど、それは気にしたって仕方がない。アンプもないからベースの音も全然響いてない。だけどまあ、そんなところがみんなにウケていたりするわけだから、それでいいのだ。

頭で考えなくても、勝手に指が動く。吹奏楽部から借りてきた大太鼓を叩《たた》くドラム音に笑いそうになってしまうのをぐっと我慢して、歌い出しを待つ。

「お前ら！」

あっ、と、観客のひとりが後ろを振り返ったのが見えた。ダララ、とドラム、もとい大太鼓のリズムが崩れる。

「こんな時期にまたライブなんかして！」

さっきまで最前列で手拍子をしてくれていた友達が、さっとその両手を下ろして少し体をのけぞらせる。一気に開けた視界には、日本史の澤田《さわだ》がドンと腕を組んで仁王立ちをしていた。あーあ、と、隣で隆也《たかや》が声を漏らす。

「センター終わったばっかりだぞ、こんなことしてる余裕あるのか？」

へへへ、と俺が愛想よく笑っていると、小さな音で、トン、トン、トンと太鼓の三拍子が聞こえた。そのあいだに俺も隆也も、自分の楽器を走りやすい位置に持ち替える。

その瞬間、ドン、とその場の空気が破裂して飛び散るような音がした。

「解散！」

ドラムの高田《たかだ》の大声が中庭に響いて、俺はギターを抱えたまま右へ、ベースを抱えた隆也は左へ、そして高田は大太鼓を持ち上げて真後ろへ走り出す。大丈夫、打ち合わせ通り。「お前ら！　待ちなさい！」澤田の声が聞こえたけれど、気にせず突っ走る。「すいません先生、日本史の論述で質問があるんですけど」最前列にいた友達が、これまた打ち合わせどおりに澤田の足を止めてくれている。サンキュ、と心の中で手を合わせていると、ガッシャーン！　と背後から激しい器物損壊音が聞こえた。それが、吹奏楽部から借りた大太鼓を高田が落としてしまった音だと分かったとき、俺は諦《あきら》めて足を止めた。

「澤田だけじゃね？　いまだにライブにぐちぐち言ってくんの」

隆也はリュックを左肩にかけながらくちびるを尖《とが》らせる。「他の先生わりと寛大なのに、あいつだけいっつもさあ」

大太鼓を壊してしまったことに責任を感じているのか、高田の反応は「ああ」と煮え切らない。結局三人で、来週の月曜日、吹奏楽部の顧問に謝りに行くことになった。

三人揃《そろ》って北階段をくだり、玄関へ向かう。

ここの階段は、隅のほうに、埃《ほこり》がたまっている。

「セトリも受験ソングつーか、卒業ソング特集みたいにしたのにな、それでも怒るんだもんな」

「いやまあセットリストは関係ねえだろ」

靴を履いて外に出た途端、隆也はマフラーで顔のほとんどを覆《おお》った。「腹立つしさみい！」ベースケースが赤いから、隆也はどこにいてもすぐにわかる。高田は「太鼓「……」とつぶやいたきり何も話さない。そういえば、ゲリラライブのたびに大太鼓を貸してくれる吹奏楽部の後輩がかわいい、と前に言っていた気がする。今回のことで、悪い印象を与えることは確実だ。

「ま、謝罪はみんなで行くからさ」そんな落ち込むなよ、と高田の背中をたたくと、たたいた分だけ高田の口から白い息が噴き出た。

センター試験も終えた一月末、空気は肌を突き刺すように冷たい。外気に触れるのは顔だけという完璧《かんぺき》な防備をしているのに、それでも寒い。センター試験当日は雪が降っていた。転んで右手捻挫《ねんざ》したらやべえな、なんて、笑えない冗談を言い合いながら、会場までていねいに自転車をこいだ。

玄関を出て、中庭を抜ける。俺はちらりと南階段に視線を向ける。いない。今日は金曜日か。

「いつもの曲やりたかったよなー！　ゲリラライブも最後だったかもしれないわけだし」

コートを着ていると、ギターケースのストラップがあまり肩に食い込んでこない。冬のいいところなんてそれくらいしかない気がする。あとは隆也の似合わないタンクトップ姿を見なくていいことくらい。

学校から駅までの道を、三人で並んで歩く。俺、隆也、高田。ギター・ヴォーカル、ベース、ドラム。一年のときに軽音部で出会ってからずっと、不動のスリーピースバンドだ。

「最後の曲なんて、イントロで終わりだぜイントロで！　あれが一番悔しい！」新しいアレンジ考えてたのによ、と隆也はベースを弾く真似《まね》をする。

「センター終わったからかな、けっこうみんな見に来てくれてたよな」俺はそう言いながらシャツをズボンに入れ直す。今日の寒さはなかなかキツい。

「まー俺はセンターミスって崖《がけ》っぷちですがねー」現社であんなやらかすとは、と、隆也は大きくため息をついた。「俺センター利用狙《ねら》ってたんだけど。やべーかも」

高田は隆也の話を全く聞かず、コンビニで買ったおでんの残りのつゆにおにぎりを入れてかき混ぜている。もくもくと立ち上る湯気からダシのにおいがして、俺の腹はいきなりからっぽになった。

一月は、道路がいつもよりも硬くなっている気がする。もうすっかり暗くなってしまった冬の放課後は、こうして誰かと並んで歩いていないと少し心細い。

「光太郎《こうたろう》はやっぱセンター終わってもM大が第一志望？」おにぎりがやっといい感じ

にほぐれたところで、隆也がプラスチックのおでんの器を高田から横取りしながら言った。「ちょっ！」と、高田が久しぶりに声を出す。

「おう、もち」俺の言葉に、いいよなあ、と隆也がぼやく。「相変わらず、M大のMUMCに入ることしか考えていませんので」

俺なんか志望校変えなきゃかもだぜ、と言いながら、隆也は器の中にふー、ふー、と息を吹きかけている。

「結局、国立受けんのは高田だけか」あつっ、と、おでんのつゆにほぐれたご飯をかきこむと、隆也は白い息をぷはっと吐きだした。

高校から駅前にある塾までの道、つゆたっぷりのおでんの中に、コンビニおにぎりを入れてかき混ぜたものを回し食べする、というのが、毎年冬の恒例になっている。今日は高田がじゃんけんに負けたので、おでんもおにぎりも高田のおごりだ。塾の前にどうせ駅近くで夕飯を食うことになるのだが、どうしても歩いている途中に腹が減ってしまう。

今日のおにぎりは散々モメた挙句、結局いつものツナマヨ。だしのきいたつゆにマヨネーズが混ざって味が変わるので、なんだか得した気分になる。

「高田はセンターどうだったの？」

「ま、俺はほとんど二次で決まるから」

「あったまいいとこ受けるやつはちげえなー」

隆也から器を取り返して、高田がさらさらと飯をかきこむ。あつあつのつゆを吸ってふくらんだ飯粒がめちゃくちゃうまそうだ。

センターが終わって、あとは各自が受ける大学の二次試験のみとなった。隆也は私立だけ受験する、国立は受けない。もともとセンターで九科目も受けるってことが考えられなかったらしい。いま付き合ってる彼女と同じところに行きたい、とかそういうことをいつも言う。本人曰《いわ》くセンター利用でサクッと受かる予定だったのに、そうもいかなくなったらしい。

高田は頭がいいから、国立大学を受ける。センターの点数がぎゅっと圧縮されてしまうから、二次試験の結果が大切になるような、頭がいいところ。日本史とか論述させちゃうようなところ。でもたぶん、高田は受かるんだと思う。

「お前M大けっこうギリなんじゃねえの？」

「ギリってか、ギリアウトだろ」

うるせ、と俺は高田から器を奪った。もうほとんど飯は残っておらず、ツナとマヨネーズのかたまりがつゆの中をゆらゆらとしている。てのひらに伝わるつゆの熱で、心がほっと落ち着いた。

「でもM大のMCMU入るってそこらじゅうで言いまくってるから、光太郎は落ちらんねえよな。ホント、うまいプレッシャーのかけ方するよ」隆也がぼやく。

「MUMCね、Mユニバーシティ・ミュージック・クラブだから」お前いつまで経《た》っても覚えられないよな、と高田が冷静に突っ込みを入れる。「そんなごちゃごちゃしたの覚えらんねえだろ」「ミュージック・クラブくらいわかるだろ考えれば」ハイハーイ、と負けを認めたふりをして隆也が高田を軽くあしらう。

「ゲリラライブするたびにMUMC入るって宣言してるもんな、お前」

高田の声に、す、とギターケースが重くなった気がした。

ゲリラライブをするなら金曜日、場所はあの中庭、って俺たちは決めている。二か月くらいやらないときもあるし、二週続けてやったときもある。新曲、コピー関係なく、セットリストが整いさえすれば間隔は関係ない。だけど最後にやる曲は、初めてゲリラライブをしたときからずっと変わらない。一年生の夏に三人で初めて作った曲。それが一番人気っていうのは、けっこうな皮肉でもあるし、やっぱり嬉《うれ》しくもある。さっきみたいに先生に怒られたこともあったけれど、三年間も続ければ「金曜日の風物詩」なんて言われ始めるまでになって、名物化してきた。

「そういえば、お前ら文集の表紙描いた？」

俺は思い出したようにそう言うと、おでんのつゆを思い切って飲み干す。熱のかたまりが喉《のど》をこじあけていった。ツナと飯粒が底に少し残っているので、容器を傾けたまま、その残りを割りばしで口元に寄せる。

「俺は、いろんなライブの写真を切り貼りして敷き詰めた。だからもう完成」

「あっそれ頭いい！」さすが国立、と俺は高田の頭をくしゃくしゃと撫《な》でる。高田はすごく嫌そうな顔をする。

「俺は……」

「お前はどうせ彼女と交換すんだろ」

ギロリと隆也を睨《にら》むと、「だから逆に難しくってよお」と一丁前に照れられた。こいつの薄い顔に照れた表情は似合わない。

「表紙っていつまでに提出だっけ？」俺はからっぽになった器を高田に押し付ける。じゃんけんの勝敗は、ゴミの処理にまで影響する。

「確か、卒業式の一週間前とかだろ。業者がその一週間で本気出すらしいぞ」

「じゃあ、あと一か月くらい？　うわ、ってことは卒業式まで一か月くらいってこと？」

ありえねー、隆也が体を伸ばす。久しぶりに背負って歩くギターが重い。

この学校の卒業生は、卒業文集の表紙を自分で描く。表紙といっても書店で本を買ったときに付いてくる紙のカバーを丈夫にしたようなもので、取り外すことも可能だ。結局統一された厚紙のケースに入れられて配られるから、配付時にどんな表紙を描いたか誰かに見られる心配もない。だからか、カップルの間では文集を交換することが流行《はや》る。お互いに、お互いのための表紙を描くらしい。去年までは何じゃそりゃ、と思っていたけれど、いざ隆也がその立場になってウンウン唸《うな》っているのを見ると、やっぱり少しうらやましい。高田には彼女がいないからその点安心だ。

すきっ腹が少し満たされて、ぐっと体温が上がったのを感じる。表紙にチューブリ貼れよなチューブリ、いやもうむしろなぜか裸の写真貼れよ、と隆也をいじっていると、いつのまにか塾に着いていた。今日はこれから先生に英作文を見てもらう。

久しぶりに思いっきり弾いたギター。コートのポケットに突っ込んでいる指の腹が思い出したようにじんとする。ゲリラライブは今日で最後にしようと、三人で決めていた。全員大学に受かったら、卒業式の日に本当に最後のゲリラライブをしようとも決めた。「お前が落ちたら絶対ライブなんてできねえわ」ふたりにはそう言われたけれど、俺も自分でそう思った。

隆也も、高田も、俺も、卒業式までは、それぞれの楽器を置いて、もう一度ペンと消しゴムを握り締める。塾のドアを開けると、人工的なあたたかさが冷えた顔面めがけてわっと集まってきて、俺はすぐにコートを脱いだ。

◆

右を向けば、「第〇回高校生全国弁論大会出場者募集！」。左を向けば、「姉妹校・アメリカ、コロラド州の大学に進学しませんか【限定一名、選抜試験あり】」。職員室の壁には、どう考えても俺たちには縁のないポスターたちが貼られている。限定一名なんて、しかも選抜試験ありだなんて、「隆也が受からない」に百万円だってかけてもいい。そんな知的なポスターに囲まれて、高田が大きな図体《ずうたい》をしゅんと萎《しぼ》ませている。

「今までは善意で貸してたけど、こうやって壊されたいま、もう次から貸すわけにはいかなくなるわね」

「あ、大丈夫です、もうゲリラライブしないかもしんないし」

ひょいと後ろから顔を出した隆也を、高田が大きな体を動かして完全に隠そうとす

らせる。そういう問題じゃないの、と俺がキャラメル色のカーディガンを摑《つか》んで引き下がる。

「音楽室には替えがあるからまだよかったけど、もしかしたら、吹奏楽部の大太鼓担当が練習できなくなるかもしれなかったんだからね。そのあたりわかってる？」

吹奏楽部の顧問は英語の先生で、髪の毛を後ろでひとつにまとめているからか、少しつり目に見える。物腰はやわらかいけれど、言葉の端々から怒りの感情がにじみ出ている。

「いつも大太鼓貸してる子も、これからは道具の貸し出しを考えさせてくださいって言ってるから」

あ、でもこれからって言っても、と一歩前に出た隆也の股間《こかん》を俺はドゴッと殴る。

おふ、と隆也はその場で腰を丸めた。

「始末書とかそういうのはいいけど、ちゃんと反省すること」

はい、と高田がしゅんとしてしまって、先生は「帰っていいわよ」とデスクに視線を戻した。「太鼓くらい俺が段ボールで作ってやっから！」職員室でも声のボリュームを変えない隆也を俺がさっさと連れ出そうとしたとき、先生のデスクに広がるテスト用紙が目に留まった。

「あ、先生、これ前の英作文の小テストすか？」

「そうよ」

赤ペンで事細かに添削されている紙の束の中のどこかに、俺の解答用紙も混ざっているはずだ。

「これ難しかったんだよなー……」

俺たち先出てるからなー、と、隆也と高田がその場からいなくなる。センターが終わると時間割が通常と異なり、自分に合った授業を各自選択できるようになる。だからもうほとんど学校に来なくなる生徒もいるけれど、俺たちはみんな基本的に高校や友達が好きだから、なんだかんだ毎日学校に来ている。

「今回、俺どうですか？」

「まあ、高田くんのほうがだいぶよかったかな」

英語応用の授業は、高田と一緒に選択した。くそ、高田のほうがいつも点数が高い。

「これ、模範解答すか？」

俺は、一枚だけよけられていた用紙を手に取る。だけど、問題集の冊子をプリントしたものでもなければ、先生が書いたものでもないようだった。

「あ、これはね、ちょっと」

先生はその紙をこそこそ隠そうとしたけれど、しっかり氏名が見えてしまった。

「荻島夕子《おぎしまゆうこ》、って書いてありましたけど」

「ほら、あなたと同じクラスの荻島さんよ」

階段掃除の子だ。俺は心の中で思わずそうつぶやいた。

先生は観念したように話し出す。

「荻島さん、英作文も英文和訳もバッチリでね。問題集に載ってる正解よりもきれいな解答してくるときもあるから、たまにこうして採点に使わせてもらってるの」

「へー、なんかすげえ」

「私もハッとさせられることがあるのよ、こういう訳し方もできるな、って」

ていうか先生しっかりしてくださいよ、と、平静を装《よそお》いながらそのテスト用紙を手に取ろうとしたけれど、「ほら、もう戻りなさい。あんまり人の解答ジロジロ見ないの」さりげなく先生に阻止された。

すみませーん、とその場を離れようとすると、「あ、神谷《かみや》くん」と呼び止められる。

「M大の英語、決して簡単なわけじゃないんだからね。力入れてね」

クラス担任ではない先生にまで、俺がM大を受けることは広まっている。

「大丈夫です、もう対策は考えてあるんで」

しつれいしましたあ、と礼をしながら、頭の中で、ゆうこさん、と唱えてみる。彼女は男子にも女子にも、夕子さんと呼ばれている。中学時代から、そうらしい。職員室を出ると、すぐに冬の冷たい空気が靴下の繊維をかいくぐって侵入してきた。まだかすかにぬくもりの残っているスリッパを履いて階段を下っていると、隅のほうにも全く埃《ほこり》がないことに気が付く。やっぱり、この高校の南階段は、きれいだ。

◆

夕子さんは今日も、早口かつ、小さな声で話す。

「もっと、柔軟に考えていいと思う」

だけど声は小さいから、俺は、え、とか、もっかい、とか、すぐ聞き返すことになる。

「だから、もっと柔軟に……特に、英文和訳のときは、訳すっていうよりも日本語の文章をつくる心持ちのほうが」

図書室の木のテーブルの上に置かれたスケルトンの四角いケースバッグは、もう何も入らないくらいぱんぱんにふくらんでいる。夕子さんのケースバッグには、シールやステッカーが一枚も貼られていない。

「そっちのほうが自然だって思うなら、このwhenの節から訳し始めちゃったほうがいいってこと、ほら、そしたらここの文の繋《つな》ぎとか、もっと自然になるでしょ」

「ちょっと夕子さん早口すぎる早口すぎる」

落ち着いて、と俺が両てのひらを広げると、夕子さんは決まって一瞬だけそのてのひらを見て、すぐに「ごめん」と俯《うつむ》いてしまう。それからまたすぐ、小声で早口な英語講座を再開する。そうするとまた俺が聞き取れなくなる。その繰り返しだ。

職員室で英語の先生と話した次の日の放課後、俺は塾に遅れて行った。いつもみたいに一緒に塾に向かおうとしていた隆也と高田は、「ふたりでじゃんけんしたら負ける確率高くなるじゃん」と抵抗してきたが、ごめんごめんと適当にあしらった。俺はそのまま学校に残り、南階段に向かった。

図書室は、三階の一番南側にある。だから、南階段を上がって、すぐだ。そのまま階段を上り続けると、閉鎖されている屋上へ続く扉がある。扉の前の踊り場は少しひらけていて、ひとりで考え事をするには絶好のスペースになっていることは、あまり知られていない。

「夕子さん」

夕子さんに声をかけたとき、自分が思ったよりも冷静だったことに我ながら驚いた。

「俺、英語を教えてほしいんだけど、いいかな？」

図書室に入ろうとしていた夕子さんは、脱ぎ掛けのスリッパをもう一度履いて、俺の目を見ないで何か言った。

「え、何？」

このときすでに、小声で早口だった。夕子さんはそのとき赤いタータンチェックのマフラーを口元まで巻いていたから、余計に聞き取りづらかったのかもしれない。

「……私でいいなら」

教室にいる夕子さんは、活発なイメージではなかったけれど、そんなふうに聞き取りづらく話すイメージでもなかったから、俺はまた少し驚いた。

夕子さんとは三年生になって初めて同じクラスになった。別に会話を交わしたことがないわけではない。近い席になったこともあったから、おはようとか、シャーペンの芯《しん》貸してとか、そういう会話はしたことがあった。夕子さんは人のことを拒絶もしないし、必要以上に仲良くなろうともしない。席が離れれば自然と話さなくなったし、また近くの席になることがあったら普通に話をしたと思う。

文系だから男子よりも女子のほうがちょっと多い教室に、夕子さんはよく似合っていた。男子と仲良く話すことはほとんどなく、いつも、おとなしそうな女子ふたりと一緒にいた。だけど、夕子さんはそのふたりともある一定の距離を置いているように見えた。もともと仲のいいふたりに夕子さんがくっついたといった感じで、それは夕子さん自身も自覚しているようだった。三人で並んで歩いていても、いつしか夕子さんはそっと一歩後ろに下がっていることが多い。ふたりの会話をじゃましないようにしているのかな、と、俺はよく思っていた。

だけど俺が夕子さんに関して気になっていることは、そんなことではない。

声をかけた火曜日の放課後、M大の二次試験では毎年、和訳も英作文も半々くらいの割合で出る、と伝えたら、夕子さんは二題ずつ問題を考えてくれた。「ごめんな忙しい時期に」と申し訳なさそうな顔をすると、「いや、私のテキストを写しただけだから」とあっさり言われた。

「それなら、自分でテキストやるのと同じような気が……聞きに来た俺が言うのもなんだけど」

「そのあと、ちゃんと会話をしながら直していくのが大事なんだよ。問題の中身よりも、そのあとが大事」

そうなんだ、と答えると、そう、と強く頷《うなず》かれた。夕子さんがそうと言うのだからそうなのかもしれない、と俺は思った。

夕子さんには、さん付けで呼ばれるにふさわしい何かがあると、俺はずっと思っていた。それは何なのかは分からないけれど、水曜日の彼女の姿を見るたびに、その思いは強くなっていった。

昨日はそれで別れた。塾の授業に少し遅刻したら、なぜか隆也にはおでんとおにぎり代を請求された。俺は家に帰ってすぐに風呂《ふろ》を済ませ、辞書を片手に英作文に励んだ。和訳は、辞書がなくてもできた。

貸出カウンターに置いてある卓上カレンダーが、水曜日を報《しら》せてくれている。今日は、その夕子さんと課題の採点をしている。夕子さんがテキストの答えの冊子を開こうとしないので、俺がそろそろと手を伸ばすと、サッと冊子を奪われた。

「見るの？」

「……見ないの？」俺まで小声になってしまう。

「自分以外の誰かの意見も聞いて、もっと練って答えを考えて、そのあとに解答を見る。それで答えが合ってたほうがうれしいし、しっかり覚えるよ」

少し声が低めで、肩まで伸ばした髪の毛は真っ黒で、授業中や勉強中は、黒い縁の部分がとても細いめがねをかけている。

英作文を添削してもらっているときは、いきなり「……辞書使ったでしょ」と見抜かれた。だって、と言い訳をする間を夕子さんは与えてくれない。

「辞書引かなきゃいけない言葉なんて、外国人だってそんなに使わないよ。日本人だってそうでしょ。辞書見ながら話さないでしょ。だから、簡単なっていうか、自分の知ってる言葉で表せばいい」

「え、でもさでもさ」俺はさすがに応戦しながら、カーディガンとカッターシャツを一緒に腕まくりする。図書室の暖房は強い。

「そりゃ日本語は母国語だから辞書使って会話なんてしないけど、英語は違うじゃん。もともとの語彙《ごい》の量が違うじゃん。そりゃ辞書も使うって」

夕子さんはカチカチとシャーペンを二回ノックした。「確かに、さっきのは暴論だったかな……」だけど、と、気を取り直したように続ける。「二次試験までもう三週間もないでしょう」夕子さんの声は小さいけれど、それは自信がないからではない。

「それなら、辞書引いて新しい単語覚えるより、いま頭の中にある単語で文章を作れるようにしたほうがいいよ、きっと」

思わず「なるほど」と頷くと、「じゃあ実際に答え見てみよう」と、夕子さんは案外あっさりと解答の冊子を開いた。

夕子さんが練ってくれた和訳や英作文は、解答冊子に載っているそれよりも、頭に入ってきやすかった。

カーディガンのポケットの中で携帯が震える。たぶん、隆也だ。塾の授業が始まったんだろう。

ポケットに手を突っ込んで、どこか適当にボタンを押す。カーディガンが少し伸びて、携帯の震えが止まる。今日も塾は遅刻だ。

「ほら、こうすれば、自分で考えた答えと模範解答と、どっちのパターンも身に付くでしょ」

ね、と目を合わさないまま頷くと、す、とテーブルの上を滑らせるようにして、夕子さんは俺の解答用紙を返してきた。夕子さんは一仕事終えたような表情でめがねを外して、テーブルの端のほうに置いてあったケースを開く。中からめがねふきを取り出している。

「あの」

俺はとっさに声を出す。

「何？」

俺は、夕子さんにずっと聞いてみたいことがあった。それは、本当は、英文和訳と英作文のことではなかった。

「今日水曜日だけど、階段、掃除しないの？」

夕子さんが初めて俺の目を見た。

◆

一番上からやらないと埃が落ちていかないから、という夕子さんに続いて、階段を上る。

夕子さんの手には赤い柄のほうきが握られている。俺も、同じものを用具入れから取ってきた。

あたたかい図書室から出たばかりなので、階段の寒さに体がびっくりしている。俺は一度マフラーを取りに図書室に戻ったくらいなのに、女子はどうして足を出していられるんだろうと思う。その疑問をぶつけると、たいていの女子は「気合いだよ」と答えるけれど、夕子さんは違った。

「みんなが出してるからだよ」

ズボンの裾《すそ》から入り込んでくる冷気に耐えられなくて、俺は靴下の中に裾を入れ込む。見た目がもんぺみたいになってめちゃくちゃダサいけど、その代わり相当あったかい。
「ここきれいなの、実はけっこう助かってるんだよね。俺、たまに来るから。詞とか
書くとき特に」
そうなんだ、と相槌《あいづち》を打ちながら、夕子さんはほうきをせっせと動かす。一週間分
の埃が、ほうきから逃げるように宙を舞った。
閉鎖された屋上への扉。誰も来ない四階のこのスペースの窓からは、高校のすべて
が見える。中庭も、グラウンドも、部室棟も、図書室以外の何もかも。
「こんなところで、詞、書いてるの？」
「まあ、時々ね」
「……軽音部だったら、部室とかあるんじゃない」夕子さんが踊り場の右半分、俺が
左半分を掃除する。夕子さんはていねいに掃くので、俺のほうが先に終わってしまい
そうだ。
「いや、隆也とか高田とかがそばにいるときは詞なんて書けないからさ」
「どうして？」
どうして、って言われても……と笑ってごまかそうとすると、夕子さんは何も言わ

なかった。ただほうきの先がリノリウムと擦れる音だけが高い天井に反響して、笑ってごまかすなんて、そんなことはさせてもらえないのだと俺は思った。

みんなが出してるから、という夕子さんの足はとても白く、血管が青く浮いて見えた。かなり華奢《きゃしゃ》に見えるけど、それでも足を出す。みんなが出しているなら、しかたないのかもしれない。

「実は、夕子さんがこの階段を掃除してるとこ、二回くらい見たことがあったんだよね。それがどっちも水曜日だったから、今日ももしかして、って思って」

端っこにあるこの南階段だけ、いつも埃《ほこり》が少ない。どうしてだろう、と思っていたころの帰り道、中庭を通り抜けようとしたら、そこから夕子さんの姿が見えた。遠くてわかりづらかったけれど、なぜだか、シルエットのようなそのたたずまいのみで、間違いないと思えた。

受験の真っただ中にいる三年生は、掃除を免除されている。そんな中で夕子さんはひとり、この場所をほうきで掃いている。しかも、毎日使う教室や廊下ではなく、図書室を経由して屋上に続く南階段を。

「何でこんなとこ掃除してんの？」

俺は何もないところを掃き続けながら訊《き》いた。

「何で急に話しかけてきたんだろうって思ってたけど、それ聞きたかったの？」

別にそれだけじゃないけど、と俺が口ごもると、夕子さんは一瞬、ほうきの動きを止めた。

「そういえば、神谷くん、アンケートちゃんと答えた？」

「アンケート？」窓から見える中庭を、受験なんて遥《はる》か彼方《かなた》にあると思っているだろう後輩たちが早足で通り抜けている。外は風が吹いていてとても寒そうだ。

夕子さんはやっと踊り場を掃くのをやめ、一段、下りた。俺は本当はもう四段ほど下りて行けるくらいだったけど、夕子さんのペースに合わせようと、同じところを掃きつづける。

「覚えてないの？　実行委員、高田くんなのに」

「ああ、謝恩会のプレゼントね」

四段、五段、と、階段の掃き掃除はペースよく進む。それでもやっぱり俺のほうが早くなってしまうから、無理やりにでもペースを合わせていく。

「あれ、みんななんて書いたんだろ。ホームルームでどうせ意見でないからアンケートって、高田くんらしいっていうか、効率的だよね」

「先生に感謝の気持ちを込めてって言われても、寄せ書きとかしか思いつかねーしなあ……」

　卒業式が終わったあとのホームルーム、先生に何かひとつ出し物をするのがこの高校の恒例となっている。あした、アンケートの結果をもとにした話し合いがあるけれど、ホームルーム委員の高田はまた困ったことになるだろう。たぶん、俺みたいにアンケートの存在すら忘れてるヤツが大半だ。

「でも先生あの外見でディズニー好きだから、グッズあげるとかでいいんじゃね？」

「ディズニー？」

　俺は、とん、と一段飛ばしをして三階と屋上の中間の踊り場に辿《たど》り着く。図書室の階に下りるまでに、埃はそれなりに溜《た》まりそうだ。

「携帯のストラップ、ダッフィーだよ。ま、娘からもらったんだろうけど」

　四十男がダッフィーはないよな、と笑うと、白い息がふわっと舞い上がった。さむ、とつぶやいて、カーディガンの袖《そで》を伸ばす。

「神谷くんて、意外と、人のこと見てるよね」

　意外と、という言葉が少し引っかかったけれど、俺は突っ込まない。

「隆也くんたちとは、そこがちょっと違うって思ってた」

　そうか？　と笑ってごまかそうとしたけれど、夕子さんは笑わない。

トン、と一段下に飛び下りると、埃が行くあてもなく散らばってしまった。俺は慌《あわ》ててかき集める。

「でも、そっか、歌詞は神谷くんが書いてるんだ。なんか納得」

夕子さんは散らばった埃に動じることもなく、そのまま階段を掃きながら下りていく。

「あんな踊り場でひとりで、歌詞書いたりしてるんだね。ちょっと意外」

壁にかけられた名前も知らない有名な画の中の女の人が、裸のまま、俺たちのことを見ている。

「まあ、やっぱり誰かに見られてるときは書けないっていうか」

「神谷くんて、人前に出ることが多いけど、たぶん、ひとりが好きなんだろうなって気がしてた」

そうかな、と答える声が、うまく制御できていないことに俺は自分で気が付いていた。

「そうだよ。先生の携帯のストラップなんて、他の誰も見てない。人のことよく見てるのって、基本的に、ひとりでいるのが好きだからだと思う。ひとりでいるからこそ、周りの人のことを見るんだよ、たぶん」

でもダッフィーは意外、と、夕子さんはくすりとした。俺のカーディガンのポケットの中で、また携帯が震えている。くぐもった振動が冷たい空気をかすかに揺らす。どうしても、俺のほうが早くなってしまう。夕子さんはとてもていねいに階段を掃く。

「私が図書室にひとりでいると、あれ、綾香《あやか》たちと一緒じゃないの、って聞かれることがある。神谷くんはそういうこと言わなかったね」

綾香たち、というのは、教室でいつも夕子さんといっしょにいる二人組のことだ。

「……なんか、ちょっと」

携帯のバイブが止まった。

「一歩引いてるのかなって、思ってたから」

なんとなくだけどな、と付け加えたとき、自分の手が動いていないことに気がついた。いつのまにか、夕子さんのほうが下の段にいる。俺は慌てて埃を落として、夕子さんに追いつく。

「やっぱり、よく見てるんだね」

夕子さんはもう図書室のある三階に着いていて、埃を廊下の隅っこにまとめていた。

俺も、自分が集めた埃をそこに寄せる。

俺の集めた埃のほうが、少なかった。

ほうきとほうきが触れ合ったとき、もう一度だけ、夕子さんと目が合った。

「でもそれって、神谷くんも同じ気がする」

よく見ると、夕子さんのめがねは、レンズの上半分にしか、黒のフレームがついていなかった。

「俺も同じ？」

「ハイ、今日はここで終わり。ちりとりちりとり」

図書室の入り口近くにあるドラム缶のような用具入れを大きな音を立てながら開けると、夕子さんはプラスチックのちりとりを取り出した。よっと、と背を丸めて、埃を集める。そしてそれを、すぐそばのごみ箱に捨てた。

手をパンパンと叩《たた》くと、夕子さんは「ん」と俺に向かって手を差し伸べてきた。そのまま俺のほうきの赤い柄を握ると、自分のものと一緒に片付けてくれた。指輪とかヘアゴムとか、そういうものがひとつもついていない手は、他の女子よりも小さく見えた。

「神谷くん、嘘《うそ》、つかなくていいよ」

じゃあまたね、と、夕子さんは図書室に帰っていく。図書室の入り口の引き戸は、他の教室のそれと比べて分厚く感じる。

嘘、つかなくていいよ。

夕子さんは、気づいていたのかもしれない。俺が何もないところを掃き続けていたこと。

いや、それとも。

見知らぬ生徒が図書室から出てくる。大きなヘッドフォンを頭につけながら、その生徒は俺のそばを通り過ぎる。そのとき、俺がずっと訊いてみたかったことに、夕子さんが答えてくれていないことに気がついた。

なんでこんなとこ掃除してんの？

◆

元気な女子たちが、懐《なつ》かしい合唱曲を歌っている。出身中がバラバラでも歌ってきた曲は大体同じだから、偶然ハモれたりして、けっこう盛り上がるみたいだ。隆也がテノールのパートで乱入した途端曲がめちゃくちゃになり、「隆也マジで黙ってて」とキレられている。「それじゃ、あとはよろしく」と高田に言い残していそいそと教室を出て行った先生はかわいらしかったけれど、その後、秩序を失った教室を前にして高田はわかりやすくため息をついた。生徒たちだけのホームルームだからって、単語帳とにらめっこをしだすやつもいるし、それこそ合唱曲を歌い出すグループもある。

「ほら、『名づけられた葉』はもういいから。『時の旅人』もね、歌うのやめろやめろ」

高田が黒板をチョークでこんこんと叩く。

「準備期間もないし、今日中に決めないとヤバいんだからな」

歌っていた女子も黙って、はーい、とだるそうに返事をする。高田の、強い抑圧をせずともクラスをちゃんとまとめられる力っていうのは、すごいと思う。

「アンケート見たけど、ロクなの書かれてない。大体寄せ書きとか、先生の好きなものあげるとか。バレンタインのチョコ祭りってのはちょっといいかなって思ったけど、式は三月一日だしなあ……」

高田くん今年はチョコもらえるといいね！　隆也が野次を飛ばし、男子たちが俺も俺もと騒ぎ出す。

「こうなったら結局ここの話し合いで案募るしかないな。他になんかある人？」

「おいおい！」

ガタンと大きな音を立てて隆也が立ちあがった。周りの女子たちが「突然大声出さないでよ」と驚いている。

「高田、俺のヤツちゃんと読んだ？　何事もなかったように進めるなよな〜」

隆也がずかずかと教壇まで歩く。高田からアンケート用紙の束を奪い、その中から自分のものを見つけだした。

「ほら、俺たちの先生ありがとうライブ！　これでいいじゃん！」

な、と隆也が俺を見つめてくる。俺は少し嫌な予感がした。

「もうゲリラライブもできないかもしれないしさ、最後に新曲作って先生に贈ろうぜ」

それ、あたしたちはどうしてればいいわけ？　というもっともな意見が、さっき合唱曲を歌っていたグループの辺りから聞こえてくる。

「そうだよ、今回はクラスみんなでどうするって言ってんだからさ、俺たち三人が盛り上がっても仕方ないって」隆也には、高田の冷静なフォローが聞こえていないようだ。「それに俺たちだって新曲練習する時間なんてないわけだし」

「高田は真面目《まじめ》なんだから〜、おい光太郎」隆也が満面の笑みで俺のほうを見た。

「お前、あそこ入るためにM大行くんだろ、何だっけ、M何とかミュージック・クラブ？」

もうそれ何度も聞いてるから、と、またどこかの女子が突っ込む。

「だったらこんなくらいの人前で歌えなくってどうするよ、なあ！」

隆也の目はいつも疑いなく輝いていて、俺はたまにこうして、負けそうになるときがある。

ほらいいから席戻れよ、と高田が隆也を促すと、

「あの」

一番後ろの席の誰かが立ち上がった。

「さっきの聞いて思ったんだけど、合唱ってどうかな」

いつもの早口で、いつもの小声だ。

「高校入って合唱する機会なんてなくなったけど、三年ぶりにやると、けっこう楽しいと思う。さっきも盛り上がってたよね」

きっと、高田もみんなも、聞き取れなかっただろう。

「歌ってきた曲って、どの中学も似たりよったりでしょ？　うまい具合にパートももう分かれてるかもしれない。卒業っぽい曲だっていっぱいあるし、練習にもそんなに時間がかからないと思うんだけど……」

俺は、一言一句、全《すべ》てちゃんと聞き取れてしまった。高田はもう一度詳しく説明を求めていたし、みんなも内容をしっかりは理解できていない表情をしていたけれど、俺の耳は、夕子さんの声を全てちゃんと聞き取った。

嘘、つかなくていいよ。

いまよりももっともっと小さな声が、耳の中で蘇《よみがえ》る。

◆

たっぷり濡《ぬ》らして絞った雑巾《ぞうきん》は、むきだしの手にとても冷たい。今日は寒波の影響でいつもより気温が低いうえに、袖が汚れないように腕まくりをしているから、肘《ひじ》から先が冷えきってしまっている。あらかじめマフラーを取ってきておいて正解だった。

「水曜日は南階段で、金曜日は窓掃除？」

俺は、夕子さんの手が届かない高いところを磨く。誰も入れない屋上近くの窓の汚れなんて、きっと誰も気にしないのに、夕子さんはそれでも磨く。そして、気のせいかもしれないけれど、今日は余計に目を合わせてくれない気がする。

昨日出してもらった英作文の新しい課題を図書室で直してもらっていたら、司書さんが近くまでやってきて「雑巾とバケツ、いつものところにあるけど？」といたずらっぽく笑った。夕子さんは「ちょっと、やめてください」となぜか少し怒ったように見えたけれど、「やるならまた手伝うよ」と俺が申し出てしまったこともあって、雑巾とバケツを取りに行かなくてはならなくなった。その前にトイレに行ってくる、と、夕子さんが席を立ったとき、司書さんは俺にこう耳打ちしてきた。

金曜日は窓で、水曜日は階段なの。でも、窓の掃除のほうがずっと早く始めたのよ。

「……昨日のホームルーム、なんか、ありがとう」

助かった、と言葉にした分だけの息が窓に吹きかかって、白くなる。そこをきゅっきゅと磨くと、窓の向こうがよりはっきりと見えるようになった。

「でも、別に俺、嘘ついてるわけじゃないんだよ」

真下にある中庭、遠くまで広がる町、やたらとゆっくり進んで見える電車。

「だけど、別に嫌いとかうざいとかじゃないんだけど、たまに、疲れるときもあるっていうか」

自分でも言葉が足りないと思ったけれど、夕子さんはそれを補おうとしない。今日は、夕子さんの手があまり動いていないように見える。

水に濡れた手がかじかむ。雑巾は乾いてきたけれど、濡らし直すのは気が引ける。

「俺、ヴォーカルだし、盛り上げ役にならなきゃいけないんだけど、ピエロにはなれないっていうか。考えちゃうんだよな、いろいろ。それで隆也に乗れないときっていうのが時々あって」

「大丈夫」

夕子さんは、何のためらいもなく、バケツの水に雑巾をもう一度浸した。

「誰も悪くないから、大丈夫だよ」

夕子さんの白くて細い腕は、俺のそれよりも冷たさをより感知しやすいように見えるのに、そんなこと全く気にならないというふうにじゃぶじゃぶ雑巾を洗う。

「すごいと思う」

夕子さんはさっきから、同じところばかりを磨いている気がする。まるで、何もないところを掃きつづけた一昨日の俺みたいだ。

「もう、私が覚えてるくらいだもん。Mユニバーシティ・ミュージック・クラブ。隆也くんはずっとユニバーシティって単語が出てこないみたいだけど」

あいつ受かんのかな大学、と呟《つぶや》くと、英語が重視されるところは無理なんじゃないかな、と夕子さんは冷静に言った。

「神谷くんがM大行きたいってこと、もう学年のほとんどの人が知ってるもんね」

「これで落ちたら笑いものだよな」

自分で言ってみて、本当にそうだな、と改めて心の中で思った。

「どうしてそのサークルに入りたいの？」

雑巾に染《し》み込んでいた水が右手首のあたりを伝って、肘まで届く。

「すげえバンドがいるんだ」

俺はその水滴を左のてのひらできれいに拭《ぬぐ》った。

「スリーピースバンドで、全員まだ大学四年だったかな。一年ちょっと前にインディーズデビューして人気が出てさ、今はもうワンマンでどこのライブハウスも満員にしちゃうんだぜ。歌詞が英語だから意味はよくわかんないんだけどさ、すげえかっこいいの。俺も英語の歌とか作ってみたいんだけど、そこは頭足りなくて」

最近は古文の語呂《ごろ》合わせのCDばかり聴いているから、そのバンドの曲を聴いていない。だけど、こうして話し出すと、頭の中では大好きな曲たちのメロディが入り乱れ始める。

「俺も、大学生のあいだにそんなふうになるのが夢なんだ。インディーズでも何でもいいから自分のCDが全国で売られて、ライブは満員で、俺みたいに後を追ってくる後輩がいて、何より音楽がめちゃくちゃかっこよくて。憧《あこが》れだけでいま受験勉強できてる」

そんな感じかな、と慌《あわ》てて締めくくって、俺もバケツに雑巾を突っ込んだ。俺いますげえしゃべってたな、と思うとカーッと体が熱くなって、水は思ったよりも冷たくなかった。

ゲリラライブに来てくれる人たちの前で夢を叫んだときは全然恥ずかしくなかったのに、こうやって一対一になると、突然恥ずかしくなる。

「夢なんだね」

夢、と言葉にされると、もっともっと恥ずかしくなる。いてもたってもいられないような気持ちを全て込めて、俺は雑巾を絞った。

窓の外では強い風が吹いていて、サッカー部のロングパスが流されてしまっている。

「夕子さんは？」

不意に、聞いてみた。

「どこの大学目指してるんだっけ？　夕子さんの夢って、何？」

想像がつかなかったし、噂話《うわさ》でも聞いたことがなかった。クラスの誰がどのあたりの大学を受けるかっていうのは、大体広まってしまうものだ。だけど、夕子さんに関しては、誰からも何も聞いたことがない。

「私の夢？」

めがねの奥のその目が何を見ているのか、俺には全くわからなかった。ただ、仲のいい女子二人組と自分との距離を測ったり、隆也を見る俺の目の色の変化を読み取ったり、そういうことだけに使われているわけではないはずだ。

「神谷くん、もう、文集の表紙って描いた？」

不意に目の中を覗きこまれて、俺は雑巾を落としそうになった。文集の表紙なんて、そんなものすっかり忘れていた。

「あ、忘れてた！　あれいつまでだっけ、そろそろやばい？」

「まだ描いてないなら、私と、表紙交換しない？」

彼女と交換なんて何描いていいのかわかんねえよお、と、照れながらも嬉《うれ》しそうにしていた隆也の顔が急に蘇った。へ、と声に出すと、「へ」の形をした白い息がポンと出てきたような気がした。

「そこで、これまでの質問に全部、答えるね」

ハッと窓に息を吹きかけ、力強くその部分を磨くと、よし、と、夕子さんは雑巾をバケツの中に落とした。神谷くんのもまとめて洗っておくから、と、二枚の雑巾が入ったバケツを持って階段を下りていく。

夕子さんが磨き続けた部分だけが、少しも邪魔をすることなく、あの夕陽のひかりを通している。冬の夕陽は他の季節よりももっとあかく、あつく見える。

まんべんなくほうきを動かしていた南階段のときとは違って、夕子さんは窓のある一部分のみを磨き続けていた。自分の目線の高さよりももっと下、胸のあたりの一部分。俺からしたら腰のあたりだ。

俺はまくっていた袖《そで》を元に戻す。体温をたっぷり含んだ布に包まれて、冷えていた腕が息を吹き返す。もっともっと質問しておけばよかった、と、俺は窓の外を見ながら思った。サッカー部のシュートはまた風に流されて、ゴールポストにはねられている。

◆

テーブルランプの近くに置いてある携帯が、連続して震える。

【全員受かって最後のゲリラライブやるぞ！　つーかお前塾サボりすぎ！　落ちても知らねえぞ嘘《うそ》だ頑張れ！　お前はM大に行くべきそしてバンドやるべき】

【M大に受かって、MUMCに入って、初めてのライブをするときは、絶対に呼んで

くれよ。明日は今までの努力を全部ぶつけて、頑張れ】

名前を見なくても、文面ですぐに誰からのメールかわかる。隆也と高田以外からも、メールがたくさん届く。中には、何かの歌詞のような一言がついたイラストを添付して、クラス全員に一斉送信している女子なんかもいて、受験というよりはどこかイベントのようだ。確かに、試験のためにひとりで知らない土地のホテルに泊まるっていうのはちょっとした出来事だった。ひとりでフロントに行って鍵《かぎ》を受けとるときや外出時にフロントに鍵を預けるとき、自分が大人の仲間入りをしたような気がした。だけどそれがきっと勘違いだとわかっているから、俺はひとりで勝手に恥ずかしくなった。

明るいうちに、M大に一度行ってみた。電車に乗って、駅から実際に大学まで歩いた。まだ二月の下旬なのに、春休み中なのか、キャンパスにあまり人はいなかった。そういえば、大学はやたらと休みが長いと聞いたことがある。

携帯を開いて、さっき撮ってきた写メを見る。パンフレットでしか見たことがなかったM大の校舎がそこにある。春から、本当に、ここに通うことができるかもしれない。

写真を見ている間にも、メールが届く。【M大でモテモテバンドマンになれよ！】

軽音部のやつら。【先輩なら絶対受かるって信じてます】去年告白してきた後輩の女子。

大学の下見からの帰り道、コンビニで明日の朝飯も買っておいた。糖分補給のための、一口サイズのチョコレートは必須アイテム。いっちょひとりカラオケでもして景気づけようと思ったけれど、それはなぜだかできなかった。知らない町のカラオケ店は、全く自分とつながっていない場所に感じた。携帯のアラームと、ホテルのベッドの枕元《まくらもと》についている目覚まし時計もセットした。受験票も、リュックの上に置いてある。鉛筆も全て適度に削った。湯を溜めようと思ったけれどなんとなくやめて、シャワーを浴びた。もういつでも寝られる。

ホテルの机の上には、一枚の紙と、一冊のノートが広げられている。ノートは、夕子さんとやった英作文と英文和訳の問題と解答をまとめたもの。それぞれのチェックポイントは赤文字で書いてある。

いろんな人からメールは来るけれど、夕子さんからは来ない。そういえば俺は、夕子さんのメールアドレスを知らない。

ノートを見直してみる。英作文に便利な言い回しとか、この単語は文脈によってはこう訳せるとか、そういうことが夕子さんのきれいな赤文字で書いてある。英作文も和訳も、一行おきに横書きにして解答する。そうすれば、空けてある一行分のスペースにいろいろ書き込めるからだ。

試験の前日は、問題を解いたり新しい知識を入れようとしてはいけない。今までやってきたことを見つめて、これだけやってきたんだから大丈夫だ、と思うことが大事だ。塾の先生がそう言ったとき、前日でもないのに隆也がその大丈夫モードに入ってしまって怒られていた。

ホテルの机の強いライトに照らされて、ノートの白がいつもよりも光って見えるから、その赤文字はとても目立って見えた。

――大丈夫。頑張ろう。

頑張って、ではなくて、頑張ろう。メールアドレスも知らなくても、こうしてメッセージを受け取ることはできる。

俺はノートを閉じて、もう一枚の紙を見つめる。ノートの余白よりも、もっともっと圧倒的な白がそこにある。

文集の表紙。

頑張ろう。そう書くってことは、夕子さんにも夢があるということだ。だから頑張って、ではなくて、頑張ろう。私も頑張るから、神谷くんも頑張ろう。

俺の夢は、もう学年のほとんど全員が知っている。夕子さんの夢は、夕子さん以外に誰か知っているのだろうか。あの「綾香たち」だってきっと、夕子さんの行きたい大学も、夢も、知らない。俺はそう思った。

光の源のように輝く白い紙に向かって、俺はペンを走らせる。誰もいないホテルの部屋では、時計の針の音がとても大きい。

◆

「高田、お前ピアノが弾けるのか」

一曲目「旅立ちの日に」が終わったときの先生の反応がこんなものだったので、俺たち生徒はみんな拍子抜けしてしまった。「俺、ドラムじゃなくてキーボード担当でしたから」と、吹奏楽部から借りたキーボードを前にしたまま、高田は真面目《まじめ》な顔でとぼける。久しぶりに練習した合唱は思った以上に楽しく、先生もいつものように笑顔だったが、二曲目の「仰げば尊し」が終わるころには教室は少ししんみりとした。これは誰も中学校で歌ったことがなかったけれど、「先生にはこれを聴いてもらいたい」という高田の希望で、みんなゼロからメロディと歌詞を覚えた。こういうところでみんなをまとめられるから、高田はやっぱりすごいと思う。

「……『仰げば尊し』なんて、久々に聴いたな」

先生が洟《はな》をすすりながらそうつぶやいたのが嬉しくて、寄せ書きと花束贈呈もとてもいい雰囲気の中行うことができた。「そんで、『仰げば尊し』ってどういう意味？」隆也の発言が空気を台無しにしたけれど、それがまたいつもどおりで、みんなほっと安心した。高校を卒業する、というのは、これまでのすべてが変わってしまうような気がしていたけれど、そうでもないのかもしれない。

Ｍ大の合否は、携帯電話でも知ることができる。指定された番号に電話をかけ、音声案内に従って自分の受験番号をダイヤルすると、コンピューターで合成された女性の声が合格か不合格かを伝えてくれるのだ。発表は二月二十三日の正午からで、俺はいてもたってもいられなかったから、隆也を始めとする受験が全《すべ》て終わったやつらをかたっぱしからカラオケに呼びつけた。国立を受験しないやつらはすっかり肩の力が抜けていた。俺は部屋を抜けてこっそりと電話をかけようとしていたのに、スピーカーフォンを強要された。カラオケの音を止め、隆也が携帯のスピーカーの部分にマイクを当てた。ジュケンバンゴウ２３９８５４、カミヤコウタロウ、サンハ、ゴウカク、デス、とアナウンスされた瞬間、部屋の中はお祭りになった。Ｍ大！　ＭＵＭＣ！

バンド！　デビュー！　と盛り上げられるままに俺は歌いまくり、思い出したように親に電話で合格の報告をした。

三月一日の卒業式の時点では、国立大学組はまだ合否が分かっていない。どうせ高田の結果が分かっていないのだから、「全員第一志望受かってたら式のあとに最後のゲリラライブ」なんて、はじめから無理だった。「最後に一発かましたかったぜ」とか言いながら、隆也はちゃっかり彼女と同じ私大に合格して、もう一人暮らし用のアパートを見に行ったらしい。

謝恩会が終わって、卒業アルバムが配られる。このあたりになると、きっちりと着ていた制服も、ボタンを外したりスカートを折ったり、もういつもどおりだ。みんな、自分や友達の写真を見て大騒ぎしている。まるで、明日からもこうやって過ごしていくみたいだ。女子たちは、カバンからいろんな色のペンを取り出して、寄せ書きまで待てないという表情をしている。「光太郎、寄せ書き、俺の分一ページ丸ごと空けとけよ」隆也が隣で女子っぽいことを言ってくる。

だけど俺の意識は、それよりも、教壇に積まれた卒業文集に集中していた。

みんな、自分の文集の表紙を自分で描いた。丈夫な厚紙のケースに包まれているから、まだ、誰の表紙もわからない。誰にも見せないまま家に持って帰る人もいれば、隆也みたいに、彼女や彼氏と交換して見せ合う者もいる。

俺は後ろを振り返った。

一番後ろの席に、夕子さんは座っている。みんなで合唱をしようと提案したのは夕子さんなのに、みんなはそんなことをもうすっかり覚えていないだろう。それどころか、まるで忘れさせているみたいに、夕子さんは俺たちに対して存在感を示さない。

「じゃあ、お待ちかねの文集を配ります」

交換をするアテのある生徒たちが、わっと色めきたつ。「よしっ」と盛り上がる隆也を前にして、俺は高田と同じようにしらけるふりをする。「ハイハイ彼女と交換交換」そのまま最後の部室セックス、とからかうと、隆也に股間《こかん》を殴られた。

まずは男子からアイウエオ順に名前を呼ばれて、自分だけの卒業文集を取りに行く。そのとき、先生から一言もらうのが、この高校の恒例だ。

「神谷光太郎」

ハイ、と返事をして立ち上がる。出席番号三番の俺の順番はすぐにやってきた。

「普通はここで大学名なんて言わないんだけど、お前の場合、みんな知ってるからいいだろ。M大合格おめでとう。念願叶《かな》ったな。お前は合格してくれなきゃって、俺も職員室でプレッシャーだったよ」

武道館ライブは呼んでねー！　と、隆也が叫んで、わっと教室が盛り上がる。

「夢に一歩近づいたな。ゲリライブがなくなるのは寂しいけど、いつかゲリラじゃないライブに招待してくれ」

　卒業おめでとう、という言葉と同じくらいの重さの文集を受け取る。俺も俺もー、という声がそこらじゅうから飛んできて、不覚にもじんときてしまった。ありがとうございます、という声が揺れてしまう。

　ちらりと、教室の一番後ろを見た。夕子さんが俺を見ている。

　おめでとう
　小さな口がそう動いた気がした。

　そのとき、俺はハッとした。

　俺、夕子さんに、ちゃんと合格の報告をしていない。

　M大を受験して全ての試験が終わった俺は、先生に合格を報告するために職員室に行っただけで、もう学校には行っていなかった。教室にはもう国立受験をする生徒しかいないから、行っても迷惑かな、とさえ思っていた。何より受験が終わった解放感に溺《おぼ》れて、毎日隆也たちと遊び歩いていた。

　——大丈夫。頑張ろう。

夕子さんの赤い文字は、小さくて早口な夕子さんの声をそのまま形にしたみたいに、繊細だった。

M大の受験前日、俺は真っ白な表紙になんて書いたんだろう。俺は一度目を閉じる。夕子さんと交換する表紙に、どんな言葉を書いたんだろう。

あまり、思い出せない。

「荻島夕子」

先生の声に、ハッと我に返る。俺の左側を、夕子さんの長いスカートが通っていく。

「荻島は……本当に努力家だな。あまり表には出さないけど、内にものすごい情熱を持ってる。その熱さは、もしかしたら、このクラスで一番なんじゃないかって、俺はひそかにそう思ってる」

少し教室がざわつく中、先生は、「卒業おめでとう」といつもの言葉で締めくくった。

ありがとうございます、とていねいに発音して、夕子さんが先生に向かって礼をした。自分の席に戻るまで、夕子さんは俺のほうを一度も見なかった。

「夕子なら、もう帰ったみたい」

綾香さんは周りの女子にペンを貸してもらいながらそう言った。

「金曜日は急ぎの用があるからって言って、ホームルーム終わったらすぐ帰っちゃった。あたしはもっと話したかったんだけど」

◆

文集が配られ終わったら、すぐに寄せ書きや写真の撮り合いの時間になって、その中で俺は夕子さんの居場所を確認していたつもりだった。軽音部のやつらに教室から無理やり連れ去られる直前、夕子さんはいつもの三人組で寄せ書きをし合っていたはずだ。俺はすぐに戻ってきて、声をかけようと思った。文集を交換するために、あまり人の来ない場所、そうか図書室でいいか、図書室に一緒に行こうと思っていた。

軽音部の部室でひとしきり騒いだあと、部のやつらには、あとでいつものカラオケの前に行くとだけ伝えて、急いで教室に戻ってきた。隆也が「どこいくんだよー！」と足にしがみついてきたけれど、割と本気で引っぺがして廊下を走った。カバンから文集だけ引っ張り出してきたから、高田あたり、なにか勘付いたかもしれない。

再び教室を出ようとしたら、「神谷くんもなんか書いてよ。将来大物になるかもなんだし」と綾香さんに言われたので、渡された青いペンで適当にコメントを書いた。あんまり話したことはなかったけれど、こういうときは、まるで仲が良かったふうなコメントを作ることができる。

急いで玄関に向かう。もしかしたら、まだ校内にいるかもしれない。下駄箱を見ると、まだほとんどの生徒の靴がその場に残っていて、もう帰ってしまったのは夕子さんくらいなんじゃないかと思った。夕子さんの下駄箱だけ、スリッパも、靴も、どちらもない。

どうして帰ってしまったんだろう。文集を交換しようと言い出したのは、夕子さんだったはずだ。本当に帰ってしまったんだろうか。どうして俺はメールアドレスも何も知らないんだろう。苛立《いらだ》ちに似た感情が心の中に溢《あふ》れて、靴もまともに履けない。かかとをつぶしたまま玄関を飛び出すと、そこには誰もいない中庭が広がっていた。

本当に、いない。

そう思ったとき、さっきの綾香さんの声が頭の中で蘇《よみがえ》った。

金曜日は急ぎの用があるって言って、ホームルーム終わったらすぐ帰っちゃった。

金曜日。

金曜日は、窓の掃除をする日だ。

俺は中庭から、南階段の窓を見上げた。屋上へ続く扉がある少し広い踊り場、あそこの窓に、何かが立てかけてある。

俺は靴を脱いで、スリッパも履かずに南階段を駆け上った。全身の毛穴から、汗が湧《わ》き出ているのがわかる。夕子さん。きちんと、俺の口から、ありがとうと言いたい。三階の図書室に着いたところで、もう息が切れていた。いまこの時間、こんなところには誰もいない。静まり返っている。もう一階分上れば、あの窓がある。

夕子さん、俺はお礼が言いたい。受験のことだけじゃない、もっと大きくて広い意味で、ありがとうと言いたい。俺はそう思いながら、最後の一段を駆け上がった。

神谷くんへ

窓には、文集が一冊、立てかけられていた。ケースは外されているから、むきだしの表紙がまっすぐに俺のほうを見ている。そこには、赤ペンではなく、細い黒ボールペンの文字が、外からの光の影の中でひっそりとたたずんでいた。

夕子さんはいない。

誰もいない場所で、夕子さんの書いた文字が並ぶ表紙だけが俺を見ている。絵でもなく、写真でもなく、そこにはただ文字が書かれている。カラフルなペンを使うわけでもなく、黒一色で、きれいに、まっすぐに。

ここに置いてあること、気づいてくれてたらいいな。

神谷くんの表紙を見られないのは残念だけど、でも、いいんです。

夕子さんの字は、赤色でも黒色でも変わらずにきれいで、その小さくて美しい声を思い出させた。

文集の中に書いてある私の作文は、全てうそです。

うそ、というか、本音じゃない、って言ったほうが正しいかもしれない。

文集にはすごく優等生なことを書いているけれど、本当に書きたかったことは、全部、この表紙に書くことにするね。

神谷くんは、私にふたつ質問をしました。

ひとつは、「どうして南階段を掃除しているのか」。

もうひとつは、「夢は何なのか」。

このふたつに、ちゃんと答えます。

俺はその場に立ったまま、ゆっくりとその文字を追う。てのひらにしっとりと汗が滲《にじ》む。

南階段を掃除している理由は、一言で言うと、「窓を掃除していることをごまかすため」。

本当は私ね、ここの窓だけを掃除してたんだよ。毎週金曜日の放課後、必ず。だけどそれじゃ周りに怪しまれるから、水曜日は階段、金曜日は窓、っていうふうにして、まるで掃除が好きな人みたいに振る舞うことにしたの。

これが南階段を掃除していた理由。

じゃあどうしてここの窓を掃除していたのか、どうしてそれをごまかそうとしたのか、その理由を書くね。

それは、中庭で、神谷くんがゲリラライブをしていたから。

ゲリラっていうだけあって、いつやるのかはわからなかったけれど、ライブは決まって金曜日だったよね。

私は、その姿を見たかった。だけど、仲がいいわけでもないし、あそこに見に行くのは恥ずかしかったから、この場所から見ることにしたの。

窓を掃除しているふりをして。

私は、神谷くんがうらやましかったよ。

あんなふうに、自分の夢を公言できて、あんなふうに夢に向かって突っ走ってて。

その姿が本当にうらやましかった。

私もああなりたいって思ってた。みんなに夢を聞いてもらって、みんなに夢を応援してもらって。そんなふうになりたいって思ってた。

だけど私は、自分の夢を話すことが、恥ずかしかった。

ここで、ふたつめの質問に答えるね。私の「夢は何なのか」。

私は、来月から、アメリカのコロラド州の大学に通います。

職員室のポスター見たことないかな。実はうちの高校、コロラド州の大学と姉妹校で、向こうの大学に進学させてくれるときがあるんだ。

選抜試験を経て、ひとり行けるか、誰も行けないかっていうシステムで。

私は、その「ひとり」に選ばれることが、ずっとずっと夢だった。

だけど、もし選ばれなかったら、ってことを考えたら、恥ずかしくて、カッコ悪くて、誰にもその夢を言えなかった。

無事、そのひとりに選ばれて、いますごくほっとしてる。すごくうれしい。

私ね、将来、翻訳家になりたいんだ。

自分が、素敵だな、好きだなって思った文章を、違う国の人にも届けたい。

だから、英作文や英文和訳を、いやっていうほど勉強してた。

だからね、神谷くんが「教えてほしい」って言ってくれたとき、本当はめちゃくちゃうれしかったし、恥ずかしかった。

私、緊張すると、声が小さくなって、早口になる。たぶん、みんなの前で合唱の提案をしたときもそうだったと思う。神谷くんと話すとき、私、ずっと緊張してた。

神谷くんのことを好きだったから。ずっと。


俺のてのひらは、文集の重さに耐えられなくなっていた。

でも、最後まで読まなきゃダメだ。震える腕に力を込める。

自分の夢に自信を持っている姿が、私からしたら、すごくすごくかっこよかった。

いつライブをするんだろうって、窓を掃除しながら、待ち遠しく思ってた。ああやって夢に一歩ずつ近づいてる人もいるんだから、私も頑張らなきゃって、パワーをもらってたよ。

私、絶対にやる最後の曲が一番好き。アップテンポで覚えやすくて、元気になれる。

あの曲はいつか、たくさんの人に愛される曲になるって信じています。

私は春から、コロラドの大学で精いっぱい頑張る。

国境を越えて素敵な文章を届けることが、私の夢のゴール。

向こうで就職して、英語の本を日本に届けたいのか、卒業したら日本に帰ってきて、日本語の本を海外に届けたいのか、まだそれはわからない。

まだ、何もわからない。

だから、神谷くんとは会わずに、これだけを残して、発《た》とうと決めました。

会ったら、向こうに行きたくなくなっちゃうかもしれない。帰ってきたいって、思っちゃうかもしれないからね。

神谷くんも、きっとM大に合格してるだろうから、そこで夢を叶《かな》えてね。

神谷くんは大丈夫。

頑張ろう、私も頑張るから。

いつか私の訳した本を、神谷くんが手に取ってくれますように。

俺は、夕子さんの夢だけが、本物だと思った。

誰にも言わないで、自分の中で大切に大切に育て上げて、努力を続けた夕子さんの夢だけが、本物だと思った。M大に入って憧《あこが》れのバンドがいるサークルに入りたいとか、ライブハウスを満員にしたいとか、そんな夢は、きっと偽物《にせもの》だ。俺は本当にミュージシャンになれるなんて思っていない。そんなこと思えない。そんな覚悟、俺にはできなかった。

俺は、夢を口に出すことで、無理やりにでも固めてきた。夢がぎゅうぎゅうづめになっている教室の中で、とにかく一番大きな音を出さなければ、と、必死だった。自分には夢があるって思いたかった。夢に向かって精いっぱい頑張っている人間だって、誰かに思ってもらいたかった。

夕子さんはそんな中で、大切に、夢を守り続けてきた。ぎゅうぎゅうづめの教室の中で、擦り減ってしまわないよう、摩耗してしまわないよう、両腕でしっかりその夢を抱きとめてきた。

夕子さんの夢だけが、白い表紙の中で色を持っている。

少しスペースが空いて、こう続いていた。


神谷くんを好きでいたことは、日本での本当に大切な思い出です。

最後に仲良くなってくれてありがとう。

荻島夕子

大きな窓のある一部分、夕子さんが磨き続けていた部分だけが、なんの汚れもなく、太陽の陽射《ひざ》しを受けてきらきらと輝いている。

ここから夕子さんは、俺の姿を見ていた。ただの憧れを夢として語っていた俺の姿を。

文集を持って窓を見つめていると、窓に何か文字が映っていることに気が付いた。

俺は文集を裏返す。


おまけ。

前に、英語の歌詞とかやってみたいけどできない、って言ってたよね。M大の憧れのバンドが英語の歌詞ばかりだからって。

だから、私、頑張ってみました。

神谷くんのバンドが、ライブの最後に絶対に歌う曲。私が大好きな曲。あの曲は、何度も聴いて歌詞も覚えちゃってたから、私なりに英訳してみたよ。解釈とか間違ってるかもしれないけど……私なりにね。

私の最初の翻訳の仕事を、受け取ってください。


夕子さんの書くアルファベットはやっぱりきれいで、俺はなぜかちょっと泣きそうになった。俺は、もうくちびるになじんだメロディに乗せて、そのきれいなアルファベットをなぞってみる。やっぱりうまくいかない。うまくいかないけれど、今まで何十回と歌ってきたものよりも、こっちのほうが何十倍もかっこいいと思った。

文集の立てかけられていたあたり、夕子さんが磨き続けた窓の先には、かつて俺が声を嗄《か》らして歌っていた中庭がある。会おうと思えばいつでも会える距離に散らばることを嘆き合った友の姿が、ここからはきれいに見える。

イルカの恋

石田衣良

石田衣良（いしだ・いら）

一九六〇年東京生れ。九七年「池袋ウエストゲートパーク」でオール讀物推理小説新人賞を受賞しデビュー。二〇〇三年『4TEEN』で直木賞、〇六年『眠れぬ真珠』で島清恋愛文学賞受賞。著書に『波のうえの魔術師』『アキハバラ@DEEP』『娼年』『逝年』『スローグッドバイ』『LAST』『東京DOLL』『6TEEN』『sex』など。

そのカフェは葉山マリーナ近くの堤防の端に建っていた。海面からいきなり立ちあがったとがった屋根はミニチュアの教会か時計台を思わせ、白い砂利敷きの駐車場を歩いていった。中川あゆみはネットで落とした地図を片手に、白い砂利敷きの駐車場を歩いていった。空は秋の長雨の曇り空で、白く塗られた欧風の建物としっとりなじんでいる。駐車場にとまっているのは古い形のくすんだ銀のセダンで、ライオンのマークが鼻先についていた。プジョーかルノーかわからないけれど、フランスの自動車だ。

あゆみは足をとめ、深呼吸した。

ここでなんとか踏ん張らなければならない。東京の人材派遣会社に新卒採用で入社して三年。あゆみは完全に燃え尽きてしまった。いつも足りない登録ワーカーをなんとかやりくりして、どうしても穴が埋まらないときは、休日でも自分が代わりに現場で働いた。残業は毎月百時間を超え、ときに二百時間に迫ることもあった。もっともそのうち残業手当がつくのは、最初の四十時間までだったけれど。

会社を辞める最後の半年は、いつも身体《からだ》のどこかに発疹《はっしん》がでていた。中学校の国語の教科書で読んだ幻の湖のように、赤黒い発疹が制服で隠れて見えない肌を移動するのだ。わき腹、背中、肩、太もも。学生時代からつきあっていた恋人とも別れた。休日はただ倒れて寝ているだけの女など、公務員には理解できるはずがない。逃げるように葉山の実家にもどって三カ月間、あゆみは家をでられなかった。

カフェの様子は何度か偵察してつかんでいた。満席になっているのを見たことはない。ここでなんとか社会復帰のリハビリをするのだ。木製の扉を開けるまえに、さっと自分の服装をチェックした。ベージュのコットンパンツはプレスがきいている。白いシャツは清潔で、Vネックの紺のセーターはカシミアだ。ハーフ丈のラクダ色のステンカラーのコートは袖《そで》をまくって着ている。清潔感があり、抑え気味の成熟した色あわせで、カジュアルでもフォーマルでもない。よし、闘おう。あゆみは頭上の木製の看板を見あげた。カフェ「DOLPHIN」。ロゴマークの先頭に、水しぶきをあげて海面からジャンプするイルカの絵が描かれている。

あゆみが扉を開くと、ちいさく鐘の音が鳴った。

「こんにちは」

まぶしい海が見える窓がならんでいる。テーブルに客の姿はなかった。奥は一段低くなったウッドデッキのテラスのようだ。オフホワイトのビーチパラソルが二本、淡い日ざしに透けている。

「いらっしゃいませ」

カウンターからでてきた人を見て、あゆみは呆然《ぼうぜん》とした。

テレビでも雑誌でも、銀座や元町のような繁華街でも、きれいな人を毎日のように目にしている。だが、その人はあゆみが生まれてから目撃したもっとも美しい人だった。身長は百六十五センチあるあゆみよりさらに十センチ近く高いようだ。黒いニットのワンピースは、ふわふわとしたアンゴラの毛先を、完璧《かんぺき》なボディラインに沿ってそよがせている。胸は豊かで、ウエストは細く、脚と手は白木から彫りだした一本の棒のようだ。関節や筋肉の凹凸がほとんどない。すこしハスキーな声が続いた。

「お好きな席に、どうぞ」

まっすぐに見ていられなくて、視線をさげたままいった。

「いいえ、違うんです。お客さまじゃなくて、アルバイトの面接にきたんです」

美しい人は、にこりと顔を崩して笑った。きれいなものは、壊れてもきれいだ。あゆみはうらやましいというより、幸福な気分になった。

「そうなんだ。だったら、カウンターにでも座ってね」

「はい」

この人のまえでは、どんなふうに動いてもぎこちなく見えてしまう。あゆみは振付を覚えたばかりのダンサーのようにかくかくとスツールに腰かけた。

「わたしは千尋《ちひろ》。永野千尋。あなたは？」

なぜだか座ったまま軽く頭をさげてしまった。名前をきけたことが光栄なのかもしれない。

「中川あゆみといいます」

あゆみはトートバッグから、履歴書の封筒をとりだした。千尋は目もくれずにいう。

「そんなものはしまっておいていいの。年はいくつ？」

流れるようにカップ・アンド・ソーサーをカウンターにおいて、ガス台の火を強くした。ケトルの細い口から勢いよく蒸気があがると、また弱火にする。あゆみは千尋の動作に見とれていた。

「お嬢さんは、今おいくつなの」

そういうあいだも、千尋の手はとまらなかった。カップのうえに円錐《えんすい》フィルターをいれたドリッパーをおき、コーヒー豆を電動の赤いミルにいれる。

「ちょっとうるさいけど、がまんしてね。で、いくつなの」

モーターがうなり、金属の歯が硬いコーヒー豆を細かく砕いていく。あゆみは負けずに声を張った。

「二十六歳です」

「そっか、だから肌なんかぴちぴちしてるのね」

もういい香りがしている。千尋は粉をフィルターに二杯いれた。

「ここのお店は、注文してからいれるハンドドリップのコーヒーが売りなんだ。ここからがむずかしいのよね」

片手でケトルをにぎり、真剣な顔でフィルターのなかをのぞきこむ。きれいな人は真剣な顔をすると、逆にかわいくなるのだとあゆみは感心した。

「まず最初は五百円玉くらいのおおきさにお湯をいれてと」

糸のように細く沸騰《ふっとう》した水を注いでいく。あゆみもいつのまにか、いっしょに息をとめていた。

「それで三十秒待つ。おうちはこの近くなの」

「はい、バスか自転車でかよえます」

「夜は遅くなってもだいじょうぶ？」

あれ、おかしいなとあゆみは思った。このカフェは夕方七時で閉店のはずだ。

「えーっと、まえもって教えてくれれば、だいじょうぶですけど」

千尋がにこりと笑った。

「よかった。ねえ、あゆみちゃん、コート脱いだら」

「……あっ」

ばたばたとあわててコートを脱いだ。セーターの袖が伸びてしまった。みっともない。

「まえはどんな仕事をしていたの」

覚悟していた質問がやってきた。ぐっと口元を引き締めて、あゆみが返事をしようとすると千尋がいった。

「まあ、いいや。別に人の過去とかしりたくないし。くるくると『の』の字を三回転。ふわふわのコーヒームースの出来あがり。ほら、見て」

あゆみはドリッパーのなかをのぞきこんだ。フィルターのまんなかがケーキのように丸く盛りあがっている。すごくいい香りだ。

「で、半分までできたら、あとは一気に放流。雑味が落ちるまえに、フィルターはポイと。さあ、できた。どうぞ、ドルフィンのコーヒーよ。あゆみちゃんもこれ覚えてね」

あゆみは目のまえにだされたコーヒーカップをじっと見つめていた。白い陶器の飾り気のないカップ・アンド・ソーサーだ。指先をかけると、しっかりとした厚みがある。香りを吸いこんでから、そのままひと口のんだ。苦いけれど、どこか甘い。ただのコーヒーではなく、美しさや命の素《もと》を受けとった気分だった。毎日、この人がいれたコーヒーをのんだら、この人のようにきれいになれるのだろうか。

そのとき、扉が開いて、鐘の音がなった。

「ただいま」

眼鏡をかけた神経質そうな男性だった。千尋に負けずに細い。ダンボール箱からバゲットやニンジンやジャガイモがのぞいている。配達だろうか、あるいはこのカフェの関係者か。あゆみはいちおう会釈《えしゃく》した。

「あれ、千尋、また勝手にコーヒーいれたな。そろそろアルバイトの面接時間なんだけど」

あゆみはカップをおいて立ちあがった。この人がカフェのオーナーなのだ。じゃあ、千尋はいったいなんなのだろう。

「あっ、すみません。面接にきた中川あゆみです。よろしくお願いします」

男は眠たげな疲れた顔で、あゆみを見た。封筒から履歴書を抜く。ダンボール箱を近くのテーブルにおいてやってきた。さっとあゆみの全身に目をやる。リクルートスーツの生真面目《きまじめ》な顔写真が貼《は》られた履歴書を受けとった。これからほんとうの面接が始まるのだ。あゆみは背筋に力をいれて、全力の笑顔を固定した。

「千尋、この人どうだった？」

カウンターの奥で、美しい人が笑っていた。

「いいんじゃない。かわいいし、性格よさそうだし」

男はじっとあゆみを眺めている。なんだか透明人間にでもなった気分だ。男の目はあゆみを素通りして、千尋にむかっている。

「わかったよ。じゃあ、きみは合格だ。なにさんだったっけ」

「中川あゆみです」

「あゆみさん、今日からよろしく。ぼくがこの店の店長で、小山田《おやまだ》祐介《ゆうすけ》です」

あゆみはカウンターをちらりと振りむいた。このふたりの会話の自然な雰囲気。

「あの、千尋さんは小山田さんの奥さんなんですか」

店長が妻とふたりで切り盛りしているのだろうか。千尋が手を打って笑いだした。

「まあ、この子最高。わたしたちが夫婦かですって。どう思う、祐介」

店長は無表情のままいった。

「夫婦じゃないけど、つきあっているのは確かかな。もう十年以上になる腐れ縁だよ。千尋はバーをやってる」

あゆみは千尋と祐介を交互に見つめた。この場で事情をしらないのは自分だけだ。それがなぜか悔しかった。

「お店はどこにあるんですか」

千尋が笑って、カウンターをウエスでふいた。

「ここがわたしのバーよ」

店長が苦笑いしている。

「うちのカフェが夜七時まで、一時間休憩して、夜八時からは千尋のバーが始まる。お客がすくなくてね、同じ店を一日二回転させなければいけないんだ」

そうか、それで夜の残業の話をしたのか。

「というわけで、わたしがいそがしいときには、バーのほうもお手伝いを頼むかもしれないけど、そのときはよろしくね。バイト代は昼の二割増しにするから、うちのほうがいいんじゃないかしら」

祐介が再びダンボール箱をもちあげるといった。

「はいはい、おしゃべりはそれくらいで、仕事を始めよう。あゆみちゃん、ついてきてくれ。キッチンまわりとレジを案内するから。千尋、お客がきたら、今の調子で頼む」

美しい人がぱっと顔を輝かせた。

「今日のは合格なの」

祐介がにやりと笑った。意外とハンサムだ、この人。

「ああ、この香りなら、お客にだしてもだいじょうぶ」

コーヒーのことを話しているのだと、あゆみも気づいた。先ほど千尋はハンドドリップの手順を解説しながら、ていねいにコーヒーをいれていた。千尋もまだ練習中なのだろう。

「こちらへ、どうぞ」

あゆみは清潔だが薄暗い厨房《ちゅうぼう》に、祐介に続いてはいっていった。

時間に追われて働く。

他人や上司の評価を気にしながら働く。

あゆみがそれまでしっていたそんな働きかたとは、ドルフィンはまったく異なっていた。たまに東京ナンバーの車に乗った流しの客がやってくることがあったが、ほとんどは常連で、半月もするとあゆみは誰からも自然に受けいれられるようになった。

客は葉山近郊に住む人がほとんどだった。学生もいれば、マリーナの従業員も、魚屋の三代目もいた。一杯のコーヒーでゆっくりと時間を潰《つぶ》し、常連客同士でおしゃべりをして帰っていく。あゆみは適当に相手の話に調子をあわせ、あとは海の色が昼から夜へと動いていくのを眺めているだけでよかった。変わった客といえば、年齢不詳の作家がひとりいた。毎日のようにノートパソコンをもって、窓際《まどぎわ》の海が見えるテーブルに座り、ぱちぱちとキーボードをたたいたり、ときに黙ってディスプレイを見つめて三時間も動かないでいたりした。千尋はその作家のことを、カウンターのなかでこっそりと教えてくれた。

「後藤さん、なんとかっていうすごい文学賞を十年くらいまえにもらったんですって。それからずっと新しい大作にかかりきりらしいよ」

あゆみは目を丸くした。あの人は毎日何時間もこのカフェで書いている。気づかいのある人で、ちゃんと店への負担を考えて、コーヒーは必ず二杯ずつ注文してくれた。

「へえ、ブンガク賞ってすごいんですね。一冊で十年も生活できるなんて」

ないないといって、千尋が手を振った。

「そっちのほうは奥さんが働いているから、だいじょうぶらしい。ほら、たまにいっしょにうちの店にくることがあるでしょう」

地味な雰囲気だが、いい感じの中年女性だ。いつも紺かグレイのスーツを着ている。

「あの人は税理士さんなんだけど、後藤さんの才能にほれてるのね」

ふたりのテーブルにコーヒーを届けると、いつも小説家が目を光らせて、なにかを語っていた。うなずいてきいている妻はにこにこしている。きっとあれはつぎの作品の話なのだろう。幸福そうな夫婦は、時間の流れがとまったようなこのカフェによく似あっていた。

あゆみは千尋のバーの手伝いをすることもあったが、そちらも気楽な仕事だった。バーの売りは七種類のベルギービールと、七種類のスコッチウイスキーだった。カクテルはやっていない。軽食は千尋が一週間分まとめてしこむコンソメスープと、サンドイッチ。あとはご当地の魚のフライとポテトである。イギリス風のフィッシュ・アンド・チップスを湘南《しょうなん》風にアレンジしたものだ。

カラオケはないし、千尋以外に女性はいないので、店はだいたい静かだった。女目あてにからんでくるような客はいない。ということは、あまり流行ってもいないのだが、千尋は気にかけている様子もなかった。

美しい人は気がむくままに、レジわきにおいたアナログレコードやCDのプレーヤーで、好きな曲をかけた。クラシックも、ジャズも、昭和歌謡も、アフリカや南アメリカの民族音楽も、ごちゃまぜにかかる。センスは悪くないのだが、きいているとときどきあゆみは頭が痛くなることがあった。

千尋はたいていの場合、気まぐれだがいいホステスとして、バーを切り盛りしていた。だが月に二回ほど、おかしくなることがあった。そんな日はたいてい低気圧が近づいていて、普段は凪《な》いでいる海が空を映して灰色にざわめいた。

「今夜のヘルプ、お願いね」

ぼそりと無表情にそういう千尋の目は、底が見えないほど透明だった。嵐《あらし》の夜、千尋はジム・モリソンやジミ・ヘンドリックスやカート・コバーンなど、自滅していったロッカーの音楽を大音量でかけた。お客がいてもいなくても関係ない。七種類のビールを一本ずつのみほし、つぎに七種類のスコッチをオン・ザ・ロックで空けていく。それがどろどろに溶けて、正体をなくすまで続くのだ。なにがこの美しい人をそうさせているのか、あゆみにはわからなかった。ただなにか透明な闇《やみ》のようなものが千尋のなかで育ち、二週間に一度ああした心の崩壊を求めるのかもしれない。心の暗い半分が求めることにさからえる人間はいないのだ。

あゆみが働き始めて二カ月目、その夜も千尋は嵐の海のように荒れていた。

「最高だね。この音楽」

千尋はそういうと、白いビールをぐいぐいとのんだ。

「あゆみちゃん、わたしはいつか海に帰るからね。それで、王子さまをお城に返してあげるんだ」

あゆみは適当にあいづちを打って、グラスを磨いていた。

客はひとりだけだった。小説家の後藤である。カウンターにのせてあるのは、古いLPレコードの紙ジャケットだ。ソプラノの歌声が銀の糸のように空中にぴんと張っている。その声はスピーカーのあいだから飛びだして、相模湾《さがみ》のうえにある低気圧の中心まで貫きそうだった。

「シュトラウス。『四つの最後の歌』だな。ひどい曲だ。ソプラノはシュワルツコップ、指揮はセルだ」

憂鬱《ゆううつ》そうに作家がいったが、千尋はきいていなかった。スコッチのボトルを振って、底に三センチばかり残ったウイスキーを明かりにかざし眺めている。グラスに注ぎもせずにボトルに口をつけて一気にのみ干し、そのままカウンターに潰れてしまった。額が厚い木を打つ音がする。同時に低く寝息がきこえてきた。

あゆみは肩にストールをかけてやった。もう冬なのに千尋はノースリーブだ。ほっそりとした腕の美しさが自分の魅力であることに気づいているのだろう。あゆみは後藤のテーブルにむかった。

「千尋さんがあの調子なので、今夜は店じまいしてもいいですか」

後藤は酔っていても、ディスプレイは開いたままだった。ジャケットを手にして、帰りじたくを始める。あゆみは思い切っていった。

「あの、ちょっとおききしたいことがあるんですが」

手をとめて、後藤が正面から見つめてきた。

「なんだね、本の話はしないよ」

「いいえ、千尋さんのことなんです。どうして、こんなふうに荒れてしまうのか、わかりませんか。こんなに素敵な人なのに」

ため息をついて、後藤はパソコンを閉じた。

「ああ、きみはまだしらなかったのか。彼女の本名は、永野智広というんだ。昔、わたしが教えていた大学の湘南キャンパスの学生だった。まあ、作家が大学の先生などやるものじゃないな。今は辞めてせいせいしている」

この人も自分のことが大好きなのだろう。千尋のことではなく、自分の話をずいぶんいれてくる。いや、待てよ。トモヒロとは誰のことだろう。それは男の名前だ。

「千尋さんの本名が智広だって、ほんとうのことなんですか」

「ああ、すくなくとも大学生のころ、あの子はまだ女性の身体《からだ》になっていなかった」

そうだったのか、あの脚の美しさは男性のものだったのか。背の高いやせた男性の脚には、たいていの女性はかなわない。

「祐介くんも同じ大学でね。わたしのゼミではなかったけれど、同じ学科の同窓生だ。ふたりは卒業してから、五年目に偶然出会い、恋に落ちた」

後藤はかなり酔っているようだった。目が血走りすわっている。

「わかるか、あゆみちゃん。ほんものの恋なんて、かわいいものでも、素敵なものでもない。写真に撮って、きれいでしょうと雑誌にのせるようなものでもない。獰猛《どうもう》で、危険で、不意打ちで、できることなら生涯近づかないほうがいいようなものだ」

あゆみはめったに恋をしたことがない。後藤のいうことも半分わかった。けれど危ないから人は魅せられるのではないか。小説家にも、あのしっかり者の妻がいる。

「祐介くんは横浜山手のいい家の子でね、元町通りの山側の半分を所有する地元の土地もちの長男だった。大学を優秀な成績で卒業して、都市銀行に就職した。婚約者は次期頭取の娘で、イギリスに留学していたときに、ウィーンの社交界デビューをしたそうだ。くだらんな。わたしは金もちと売れている作家が嫌いだ。反吐《へど》がでる」

あゆみはカウンターにうつぶせている千尋に目をやった。

「祐介さんは婚約破棄したんですね」

後藤はそっぽをむいてうなずいた。

「そうだ。それが恋というものだ。人の力でさからえるような安全なものじゃない。祐介くんはすべてを失った。仕事、会社、一族の力、未来。彼は今ごろ、銀行を辞めて自分のうちの不動産会社のトップになっていたはずだ。それがこうして、売れないカフェの店長に収まっている。まあ、わたしはここが居心地がいいから、そちらのほうがありがたいがな」

後藤が再び上着を着直して、マフラーを結んだ。パソコンを小脇《こわき》に抱える。

「いつものようにツケにしておいてくれ。あゆみちゃん、わたしから今の話をきいたことは、秘密にしておいてくれ。あとはトモヒロ……ではなく、千尋さんを頼んだぞ」

その夜、店じまいを終えてから、あゆみは電話をかけて祐介を呼んだ。低くいびきをかいたまま、千尋は目を覚まさなかった。嵐のなか祐介のセダンがやってきたのは、午前二時すこしまえである。祐介はツイードのハンチングをかぶり、消防士が着るような金属のトグルでとめるゴムびきのコートを着ていた。ラフなものを着ても、どこか品がよく見えるのは、さっき後藤からきいた話のせいだろうか。暗い顔でいった。

「いつもすまない。千尋にはあまりのみすぎるなといってるんだけど」

「いいえ、だいじょうぶです。千尋さんにも祐介さんにもよくしてもらってますから。あの……」

恋のためにすべてを失ってしまった人に、あゆみはなにかをいいたかった。まだ音楽は続いている。

「わたしは東京でなにもかもうまくいかなくて、仕事を辞めて逃げてきたんです。男の人にも、理解できないといわれて振られてしまいました。実家にもどっても、ずっと引きこもりだったし。そんなわたしを拾ってくれたんですから、おふたりのことをこれからもずっと応援します」

祐介は最初驚いた顔をしたが、すぐに微笑み返してくれた。

「ありがとう。頼もしいよ。じゃあ、ちょっと千尋を運ぶのを手伝ってくれ。彼女はなんていうか……ちょっと骨太だから」

千尋のわきに身体をいれて、ふたりがかりでスツールから立ちあがらせた。狭いカウンターをまわりこむのはひと苦労だった。暖房のきいた真夜中のカフェで汗だくになる。ようやくフロアにでて、あとすこしで扉というところで、あゆみは椅子《いす》の脚につまずいてしまった。ひとりが崩れると、三人はバランスを失い、ドミノ倒しのように床に倒れこんだ。

「すみません」

あゆみはあわてて上半身を起こした。千尋のミニドレスがまくれあがっている。Tバックのショーツはドレスと同じ黒だ。尻《しり》は成熟した女性の丸みだった。右側の大臀《だいでん》筋《きん》のうえに、青いイルカのタトゥが見えた。海面から跳ねたイルカが空中を泳ぐように丸くなっている。祐介がスカートの裾《すそ》を直した。

「このお店の名の由来は、今のなんですね」

千尋は唇の端からよだれを垂らしている。床に伸びたままだった。祐介は両手をうしろについて、ぼんやりと店内を見つめていた。

「そうだよ。海のなかにいても、自分は魚の仲間じゃない。かといって陸にあがって暮らすこともできない。千尋はいつもそういっていた。自分はイルカみたいだ。それでそいつを店のキャラクターにしたんだ」

あゆみにはなにも言葉がなかった。心のなかには嵐に似たものがあるけれど、それは言葉にならない。祐介が自嘲《じちょう》するようにいった。

「千尋をうしろから抱くときには、いつもそのイルカが目にはいる。ぼくも人魚とつきあう人間の気分だよ。いつか姫は海に帰ってしまう。海の底でいっしょに暮らすことは人間にはできない。ハッピーエンドはないんだ」

あゆみは身動きがとれなかった。外では低気圧の嵐が吹き荒れている。

「ぼくは子どもが好きなんだけど、千尋にいくら射精しても、妊娠はしない」

祐介はのろのろと立ちあがった。あゆみも同じテンポで動いた。一日の疲れが急にでてきたようだ。手も脚もにぶく痛んで熱をもっている。

「今夜のことは忘れて、明日からはまたいつものあゆみちゃんになってくれ。ぼくのほうこそ、うちの店にきてくれてありがとう」

ふたりで力をあわせて、泥酔《でいすい》している千尋を抱き起こした。扉を開けて、雨のなかセダンの後部座席に押しこむ。店の戸締りのために、あゆみと祐介は一度カフェにもどった。ガスの元栓を閉めて、窓には雨戸をおろした。祐介の背中に、あゆみは話しかけた。なぜ、そんなことを急に質問したのか、自分でもよくわからなかった。

「祐介さんは、千尋さんとつきあうまえは普通の女性が好きだったんですよね」

窓の鍵《かぎ》を閉める手を休めて、祐介が振りむいた。

「ああ、そうだけど」

「じゃあ、男の人が好きなわけではないんですね」

祐介は作業にもどった。背中越しにいう。

「ぼくは千尋が好きなだけで、ほかのゲイの人やおかまの人は関係ないよ。それより、クルマで送るから、いっしょにいこう。この雨じゃ、いくら傘をさしてもびしょ濡《ぬ》れになってしまう」

「ありがとうございます」

あゆみは銀のセダンのなかで助手席に座り、千尋のいびきをききながら、雨で歪《ゆが》むフロントウインドーを眺めていた。いつまでもこの雨がやまずに、ずっと嵐のなかを三人でドライブできたらいいのに。あゆみは、千尋と祐介が好きだった。このふたりの一部になれるのなら、どちらに抱かれてもかまわない。いつしかそう思っている自分がいた。

十二月になった。

あの夜が明けると、ドルフィンにはまたいつもの日常がもどった。後藤は書けない書けないといっては、窓際《まどぎわ》の席でパソコンを開く。あゆみは何度も練習を重ねて、祐介に近いところまでハンドドリップの技を磨いた。千尋の様子も変わらなかった。ただ毎日のようにじりじりと千尋のなかで水位があがっていくのを、あゆみも祐介と同じように感じとれるようになった。またいつか、あの決壊がやってくる。

クリスマスまえの金曜日だった。冬の低気圧は今回激しい北風もなく、ねばりつくようにしつこい氷雨《ひさめ》で、湘南の海辺の街と静かな海を濡らした。朝から千尋の目がすわっているので、あゆみは顔をあわせられなかった。

「悪いけど、今夜もお願いね」

犯罪の片棒でも担《かつ》ぐような気になった。その夜は、後藤も早々に帰っていった。税理士の妻と週末にかけて、湯河原の温泉にいくという。夜九時には客はいなくなり、のんでいるのは千尋だけになった。その夜ののみかたはひどかった。マラソンランナーが失われた水分を補給するように、ウイスキーをのどに流しこんでいく。連続飲酒はとまらず、ビールとウイスキーを交互に空けていった。このままでは千尋が壊れる。

今夜は早いうちに祐介を呼ばなければいけない。そう思っていたとき、ドアの開く音と鐘の音が同時に鳴った。

「こんばんは」

白いコートを着た上品そうな老女がはいってきた。千尋のスコッチのグラスが空中でぴたりととまった。老女はカウンター奥の酒棚を見るといった。

「ちょっといいかしら。タリスカの三十年ものを、ストレートで」

背筋を伸ばして、スツールに座った。この人は誰だろう。千尋がひどく緊張しているのがわかる。あゆみがグラスを老女のまえにおいた。澄んだウイスキーをひと口ふくむと、白いコートの女がいった。

「あの子の父親が倒れました。もう長くはないでしょう。そろそろ返してもらえないかしら。あなたたちふたりも、もう三十代なかばになる。十分に恋はたのしんだでしょう。あの子は自分のためだけでなく、そろそろ人のために働かなければいけない年よ」

目元の厳しさでわかった。この人は祐介の母親だ。千尋はうつむいているだけだった。

「うちの親族一同も、関係会社の幹部たちも、みなあの子がもどってくるのを待っている。祐介はちいさなころから優秀な子でね、誰もが期待していた。きっとこの子がうちの会社の中興の祖になるって。父親がほら、あまり出来がよくなかったから。なぜかわからないけれど、うちの一族の場合、三、四代にひとり優秀な人間があらわれるの」

息子の話というより、社外重役選びでもしているようだった。老女の話からは息子を思う熱は伝わらない。祐介はこういう母親のもとで育ったのだ。

「あなたもいろいろとものいりでしょうから、きちんと経済的な補償はさせてもらいます。家やマンションがいいなら、そういってください。あの子の父親は来年の春まではもたないでしょう。それまでに、祐介を返してください」

背をまっすぐにしたまま、老女はカウンターに頭をさげた。最後に残りのスコッチをひと息でのんで、財布をとりだした。真新しい一万円札を数をかぞえずに抜きだし、カウンターにおく。あとも見ずに店をでると、待たせた黒い車にのりこんだ。

あゆみは札を手にとった。五枚ある。レジに現金をいれると、千尋がいった。

「これ一本三万で仕入れたんだけど、もうかったね」

半分以上残っているボトルを、逆さにしてのどに流しこんだ。口をぬぐうといった。

「今夜はもういいから、あゆみちゃんは帰りなさい。わたしもあと片づけして、すぐに帰るから。風邪に気をつけて。また、明日ね」

あゆみは妙にうしろ髪を引かれるような気がしたが、ダウンコートを着こみカフェの扉に手をかけた。背中に声がかかった。

「そうだ、ちょっと早いけどメリークリスマス。祐介のこと、よろしく頼むわね」


明けがた、祐介からの電話で起こされた。

「すまない。昨日は千尋どうしてた？」

時計を見ると、まだ五時まえである。

「帰っていないんですか。わたしは十時すぎにはお店を離れたんですけど。千尋さんがもう帰っていいって」

祐介はあせっていた。

「まだ帰っていない。店の鍵は開いたままだった。なにか、変わった……」

そこまできいたところで、あゆみは息をのんだ。

「そうだ。お母さまがいらしてました。そろそろ祐介さんを返してくれって。わたしからおしらせしてもいいんでしょうか」

「なんでもいいから、早く」

「祐介さんのお父さまが倒れた。もう長くはないって」

しばらく電話のむこうが静かになった。

「……そうだったのか」

「今、どこですか」

「クルマで海沿いを流して、千尋を捜してる」

あゆみはベッドから跳ね起きた。

「じゃあ、わたしもすぐに家をでます。迎えにきてもらえますか」

「わかった。嫌な予感がしてたまらない。あゆみちゃんがいてくれると助かる」

最後にまた明日といったときの千尋の笑顔を思いだす。あゆみは祐介から伝染した冷たい予感を無理やり押さえこんで、厚いセーターをかぶった。


あちこちに電話をかけ続け、思いつく限りの場所を、ふたりで捜した。

千尋は空気に溶けたように消えてしまった。祐介が地元の警察署に出むいたのは、朝の八時だった。失踪《しっそう》人届けをだしたが、窓口の警察官には危機感がまるでなかった。家出、失踪、蒸発、夜逃げ。ゆくえしれずになる人間は毎年十万人単位でいるという。

その日カフェは臨時休業にしたが、翌日から再開された。祐介とあゆみは何度も警察に電話をかけ、千尋の実家とも連絡をとったが、千尋のゆくえはしれなかった。胸騒ぎを抱えたままクリスマスがやってきた。ドルフィンの店内にもクリスマスの飾りつけが、あちこちで金銀にきらめいている。

祐介が携帯電話をとったのはイブの昼すぎだった。

「はい。小山田です」

あゆみは決定的ななにかが起きたことを理解した。祐介の顔は千尋のタトゥのように青くなった。すぐに電話を切ると、祐介はいった。

「急いで店を閉めてくれ。南房総、館山《たてやま》にいく。あゆみちゃんもいっしょにきてくれ。ひとりじゃ怖いんだ」

あゆみはうなずいた。

「なにがあったんですか」

「漁船が遺体を見つけた。イルカの刺青《いれずみ》がはいっていた」

予想どおりのこたえが返ってきた。そのときからあゆみは激しい動悸《どうき》が治まらなくなった。

三時間後には館山の県立病院の地下にある遺体安置所に到着した。

その場にいたのは千葉県警の中年の刑事ふたりで、スチールの扉のまえで祐介とあゆみは身元をきかれた。

「ご遺体の確認をお願いします。冬の海で水温が冷たかったせいか、あまり傷《いた》んでいないですよ」

祐介があゆみの目を見ていった。

「きみは見ないほうがいいんじゃないか」

あゆみがうなずくと、がらがらと冷たい音とともに、金属の扉が引かれた。刑事と祐介がはいっていく。ドアが閉められた。しばらくして、祐介の声がかすかに遠くきこえた。間違いありません。あなたとこのかたのご関係は。

恋人でした……いや、内縁の妻です。

その言葉をきいて、あゆみはひと粒だけ涙を落とした。

千葉県警で二度、神奈川県警では三度、千尋がいなくなった夜の話をした。殺人の多くはともに暮らす家族や親戚《しんせき》のあいだで発生するという。警察の疑いは合理的だが、つきあわされた祐介とあゆみはくたくたになった。合間に千尋の実家に電話をかけて、両親にきてもらった。眠れるはずがないと思っていたその夜、あゆみは打ち倒されるように眠りに落ち、つぎの日の正午近くまで目覚めなかった。

遺体がもどってきたのは二日後で、検視の結果死因は溺死《できし》とされた。酔って堤防を歩いているときに足をすべらせ、海に落ち、そのまま房総半島沖まで流されたのだろう。可能性としては自殺も考えられるが、どちらにしても犯罪の要素はない。

千尋の葬儀は家族とごく親しい友人だけの密葬でおこなわれた。あゆみは真新しい喪服でドルフィンにむかった。そこが葬式の場所だった。祐介はもう店をたたむという。黒い枠のなかで、千尋は最初に会ったときと同じ完璧《かんぺき》な笑顔を見せていた。どこにもいく場所がない人の美しさ。この世界にはきっとそんな形の完璧さがあるのだろう。

千尋の葬式が終わってから一週間、祐介はドルフィンにこもり、千尋のように酒をのみ続けた。残った酒はとむらいのため、すべて自分でのみ切るという。あゆみはそのあいだ、ずっとそばにいて、千尋の代わりに祐介の面倒をみた。千尋に祐介をよろしくと頼まれたのだ。なにがあってもこの人を守らなければならない。

あゆみが祐介と初めてセックスしたのは、テーブルを片したフロアのうえだった。千尋の代わりに抱かれるのは、自然なことだった。あゆみが自分から裸になって腕を広げると、酔った祐介にその手をつかまれた。荒っぽく床にうつぶせにされ、そのままうしろからつながった。祐介は動きながら何度もあゆみの右の尻《しり》をたたいた。あゆみはうれしかった。もっとつかってもらいたかった。きっとこれが祐介と千尋がいつもしていた形なのだろう。

つぎの夜明け、祐介とあゆみは冬の堤防にいった。手をつなごうとしたが、さしだされたあゆみの手を見ても祐介はなにもしなかった。あゆみのむこうに広がる海を見ている。千尋が帰っていった海だ。あゆみは思う。自分はこの人をずっと見つめていくだろう。でもこの人は決して、自分に恋などしないだろう。最後の恋は千尋がこの人の心から盗んで、海にもち帰ってしまったのだ。人の手が届かない深い海の底へ。

それでいい。わたしは美しいイルカではないから、このつまらない世界で、心をなくしたこの人と生きる。鏡のように静かな海に最初の朝日があたり、マリーナの上空でカモメが鳴いている。灰色の新しい年のために準備をしなければならない。

桜に小《しょう》禽《きん》

橋本紡

橋本紡（はしもと・つむぐ）

三重県生れ。一九九七年第四回電撃ゲーム小説大賞金賞を受賞してデビューし、「リバーズ・エンド」「半分の月がのぼる空」シリーズを電撃文庫より刊行。著書に『流れ星が消えないうちに』『ひかりをすくう』『空色ヒッチハイカー』『月光スイッチ』『彩乃ちゃんのお告げ』『九つの、物語』『橋をめぐる　いつかのきみへ、いつかのぼくへ』『もうすぐ』など。

別にたいしたことはない、と塔子《とうこ》は思った。すぐそこまで来ているのに、ひどく悲しいわけでもないし、ひどく寂しいわけでもないし、ひどく辛《つら》いわけでもない。もちろん楽しいわけでもないけど。なんというか、まあ、普通だ。いつも通り。ちょっと拍子抜けするくらい。

「あのさ」

藤臣《ふじおみ》が声をかけてきた。奥にある六畳間から、こちらを覗《のぞ》き込むような感じ。様子はいつもと同じだ。

実際のところ、彼の気持ちはどうなんだろうかと考えるものの、尋ねる勇気はもちろんない。

リビングの壁に背中を預けたまま、塔子は応じた。

「なに」

「探してるものがあるんだけど、わからなくてさ。ほら、A3の作品を丸めて、紙で包んであった奴」

「ああ、それ、そっちの部屋の、タンスの脇《わき》」

「奥の隙間《すきま》か」

「押し込んであったよ」

三年も一緒に暮らしていたせいだろうか。全部聞かなくても、彼がなにを言いたいのか、だいたいわかってしまう。

妙なものだ。

ここまでわかりあえた相手は、藤臣が初めてかもしれない。さすがに若いと言い張れる年ではないので、何人かの男と付き合ったことがある。すぐに別れた相手もいるし、半年くらいは続いた相手もいる。変な相手につきまとわれて、困ったこともあったっけ。藤臣とも順調というわけではなく、付き合うまでもいろいろあったし、少なくとも二回はちゃんと別れている。あれ、藤臣と初めて会ったのはいつだったかな。

確か二十四、五のころ。付き合うまで、しばらく時間があって、最初はすぐ別れた。大喧嘩《おおげんか》をした。

がしゃん――。

寄りかかっている壁は冷たく、手の甲が痺《しび》れてきた。脳裏に響いた音のことを考える。ああ、あの大喧嘩のとき、なにかが割れたんだ。どうしてだろう。よく覚えていない。自分が投げたのか。藤臣が投げたのか。皿だったのか。コップだったのか。まあ、藤臣が投げることはないだろう。男が逆上するところは何度も見てきたけど、皿やらコップやらを投げたりはしないものだ。投げるのはたいてい女のほう。しかし自分は投げるタイプではない。投げる女の感覚がわからない。だとすると、あのとき、どうして皿かコップが割れたのか。記憶の糸を引き寄せ、指に絡《から》めてみるものの、あまりに細く、すぐ切れてしまう。手繰《たぐ》ることができない。そもそも、藤臣が怒ることは、滅多になかった。不機嫌になるだけだ。いちいち文句を言うのは塔子のほうで、我慢がきかず、相手にすぐ言葉をぶつけてしまう。

「おまえはさ、うるさいよ」

いつだったか、藤臣にそう言われたことがあった。

塔子は反論した。

「言わなきゃわからないでしょう」

「そんなことない」

「どういうこと」

「察するっていうか。まあ、わかるよ」

あのとき、藤臣は戸惑っていたのかもしれない。ちょっと弱気な視線だった。なんだか変な顔をしていた。

「不機嫌だったら、ちゃんとわかるさ」

「藤臣が察するまで、わたしは待ってなきゃいけないわけ」

「すぐだよ」

「そうかな」

互いに言葉が行き詰まり、余計に気まずくなった。なのに、勢いのついた気持ちはとまらない。ごろんごろんと転がる、大きな玉のよう。

いらない言葉を、さらに重ねた。

「口で言ったほうが早いじゃないの」

「早いのがいいとは限らないだろう。仕事じゃないんだから。まあ、仕事だって、時間をかけたほうがいいけど。言葉で理解するより、他のなにかで理解したほうが、よくわかる気がするんだ」

「ええ、そうかな」

「うん」

藤臣は頷《うなず》いた。何度か。うん、と。同じように。

塔子は少し怯《ひる》んだ。

「だって、男の人はさ」

「なに」

「言わないとわからないから」

「そうか」

短く答えた藤臣の顔色が、ほんの少しだけ変わった。雑だ、がさつだ、と友人たちに言われる塔子も、さすがに気づいた。塔子が口にした男の人とは、もちろん藤臣のことではない。今まで付き合ってきた相手のことだ。

互いにいい年なのだから、過去に別の恋人がいたことくらいわかっている。ただ、いちいち聞きたいわけではない。塔子だって同じだ。

ああいう言い方はよくなかった。

喧嘩のことを思い出しながら、塔子は下を見た。くたびれたスリッパが目に入ってきた。この部屋を借りたばかりのころに買ったものだから、もう三年くらい履いてることになる。スリッパは確か、ふたりで選んだはず。いや、それとも自分が勝手に買ったんだっけ。

年を取ると物覚えが悪くなるというのは本当で、いろいろなことが欠け落ちていく。すべてが消え去るならともかく、いくらかは残るので始末が悪い。小さな欠片《かけら》をふと見つけ、手に取り、首を傾《かし》げることになる。はて、これはなんだったか——。落ちてしまった記憶が戻ることはなく、たいていわからないままだ。困る。これはもう、実に困る。しかし困ることが増えるのが人生でもある。いや、そうなのか。年を取ると、生きやすくなるものではないのか。ああ、と塔子は思う。中途半端《はんぱ》だから、いけないのかもしれない。自分は確かに若くはないけど、老いたわけでもない。ぎりぎり若い女に入れてもらえる……と思うものの、はたして、本当のところはどうだろう。思考は限りない。巡るばかり。どこにもたどり着かない。

「あった、あったよ」

やがて藤臣がリビングに戻ってきた。嬉《うれ》しそうな顔だ。右手になにか持っている。さっき捜していたものなんだろう。包んであった紙の表面に、あちこち黒い染《し》みがついていた。塔子には、それが気にかかる。

「ねえ、カビてるんじゃないの」

「あ、うん」

「持ってこないでよ」

「仕方ないだろう」

と言いつつ、藤臣はその場に座り込み、カビた包み紙を取り去った。ぐしゃぐしゃに丸め、ゴミ袋に押し込んだ。こういうところ、いかにも藤臣らしい。ちゃんと塔子の言うことを聞いてくれる。デザイナーなんて仕事をしてるくせに優しいのだ。優しさが過ぎて、力を発揮しきれないところがある。本当は、もっとわがままに、貪欲《どんよく》になったほうが、いいのに。

「見つかってよかったよ」

藤臣がこちらを向き、嬉しそうに笑った。塔子もつい笑ってしまう。藤臣が嬉しいと、自分も嬉しいと感じるから。

その途端、辛くなった。

おかしな話。

今日、塔子と藤臣は、部屋を出る。別々の場所に引っ越す。つまりは別れるわけだ。午後には引っ越し屋がやってきて、荷物を運び出す予定だった。最初は塔子が頼んだ業者で、次が藤臣の頼んだ業者。ぶつからないように、ちゃんと二時間、空けてある。彼は谷根千《やねせん》のほうに行くらしいけど、詳しい住所は聞いていない。教えてもらわないままになるかもしれない。塔子も同じで、目黒《めぐろ》に移ることは伝えた。ただし新居の住所は藤臣に告げてなかった。告げるべきか、告げないべきか。決められないまま、今日になっていた。いちおうメモを用意したけど、たぶん渡さないだろう。

とにかく——。

最後の日なのだった。

だいぶ前のことだ。まだ愛し合っていたころ。

「ねえ、藤臣、ついてきて」

そう頼んだことがあった。

藤臣は尋ねてきた。

「え、どこへだよ」

「コンビニ」

いいけど、と言いながら、藤臣はすでに立ち上がっていた。薄汚れたTシャツを着替えながら尋ねてくる。

「どうして俺がついていくんだ」

「怖いから」

「まだ夜の十二時前だぞ」

「そうだけど」

コンビニがあるのはけっこう先で、途中に薄暗い通りがある。しかも、よりによって、その脇《わき》は人気のない公園だ。

確かに十二時前だけど、あの通りはやっぱり怖い。

「お願い」

「わかった。ほら、行こうぜ」

「ありがとう」

着替えが終わった藤臣と、一緒に部屋を出た。マンションとはいっても古く、決して人に誇れるような建物ではない。ただ、人を呼べないほど、悪くはない。それぞれの収入、通勤先への交通の便、広さなどを考え、ずいぶん捜した末に落ち着いたところだった。

たっぷりお金があったら、ヒルズのレジデンスにでも住んだかもしれないけど、もちろんそんなのは不可能だ。手取りは合わせて三十万とか四十万とか。家賃に割けるのはせいぜい十二万くらいだ。

二十三区といっても外れのほうで、駅からは十五分くらい歩かなければならず、近くに商店街がない。代わりに部屋は広く、日当たりがよかった。

　夜道を歩くと、涼やかな風が胸に入ってきた。

　ちょうど転職を考えていた時期で、鬱々《うつうつ》とした気持ちになることが多かったけど、すっきりした。涼やかな風に、なにもかも流されてしまった。藤臣がついてきてくれたから、怖くないし。足取りが軽くなり、塔子はどんどん進んだ。

「おい、塔子」

「なに」

「ちょっと待てって」

　気がつくと、藤臣がだいぶ後ろのほうにいた。彼はちんたらと歩いている。空やら、電柱やらを眺めつつ。

　立ち止まり、藤臣が追いついてくるのを待った。

「どうしたのよ」

「え……」

「考えてるみたいだから」

「なんかさ、浮かびそうで浮かばないんだよな。あとちょっとなんだけど。うまく摑《つか》まえられない」

「摑まえようとしてるのはなに」

「商業施設のポスター」

「今はそういう仕事をしてるんだ」

「まあな。けっこうな施設だし、場所もいいから、大きな仕事だよ。ほとんど俺に任されてる。望井《もちい》さんからも、好きにやれって言われてるんだ。最近、そういうのが増えてきたんだよな。認めてもらってるのかもしれないけど」

「よかったじゃない」

「まあ、そうなのかな」

「望井さんは厳しいもの」

夜風が吹いた。藤臣がなにか言ったけど、その風のせいで、耳に届かなかった。気づいたのか、気づいていないのか、藤臣は優しく笑っている。そうか、と塔子は思った。藤臣はついに、望井事務所に居つくことになったのだ。

塔子もまた、望井さんのところで働いていた。そこで藤臣と知り合った。けっこう大きなデザイン事務所で、あちこちから依頼が舞い込み、とても受けきれないから困っている。社長である望井さんが、とにかくできる人なのだ。下にはデザイナーが何人もいて、望井さんの目にかなった人間だから、誰もが優秀だった。

「藤臣はこのまま望井事務所なの」

「どうかな」

「独立とかは……」

「考えてはいるよ」

「それってさ、踏み切らないの、それとも踏み切れないの」

ううん、と藤臣は唸《うな》った。夜の闇《やみ》を揺らした。

「どちらかな」

「自分のことでしょう」

「たぶん踏み切らないのかな」

「なぜ」

「それでいい気がするんだ」

大昔のことを、塔子は思い出した。優しい顔で、優しい声で、藤臣を早く辞めさせろと言ってくれた人がいた。その意味は塔子にもわかるけど、人生は思うとおりにはいかない。生活がある。食べていかなければならない。藤臣自身が留まることを選んだのなら、無理強いはしたくない。誰もが好きなように生きられるわけではないのだ。

やがてコンビニに着いた。

「なにを買うんだ」

「修正液」

ええ、と藤臣が声を上げる。

「どうしたの」

「最初に言え。俺、修正液、持ってる」

「そうなんだ」

「言えば貸してやったのに」

「ごめんなさい」

「まあ、いいけど」

ふてくされた顔が、ちょっと格好良かった。コンビニまで、わざわざ来たのは面倒だったけど、藤臣のこんな姿を見られたんだから、まあいいか。

「夜食も買いたかったの」

「ああ、夜食な」

「パスタが食べたくて」

「言えば、俺が作ってやったって」

「時間、あったの」

「ないんなら、こんな夜中に、わざわざついてこないだろうが」

「ああ、そうね」

藤臣が作るパスタはとても繊細でおいしい。ただ塔子が食べたかったのは、もっといい加減な感じのするもの、ジャンクフードみたいな奴だった。いっぱいチーズがかかっていて、レンジで温めるようなもの。もちろんパスタはコシがなく、味ばかりが濃いけど、それが食べたかったのだ。藤臣の、上手な奴ではなく。

修正液と、パスタを、レジに持っていった。五百七十二円。小銭がなくて、千円札もなくて、一万円札だけだった。

小銭をいっぱい財布に溜《た》めていた藤臣が払ってくれた。

「ありがとう」

「返せよ」

「うん」

頷いたけど、もちろん、いちいち返すような真似《まね》はしないし、それは藤臣だってわかっているはずだ。ちょっとした照れ隠し。あるいは儀式。

ああ、と藤臣が声を漏らした。

「無駄な散歩だったな」

「ごめんね」

「でも、まあ、悪くなかったよ」

「そうなの」

「夜の散歩って、俺、好きなんだ」

見上げた藤臣はすっきりした表情だった。街灯に照らされて、ごつごつした頬骨とか、顎《あご》のラインが浮かび上がる。

不器用な感じがするのに、こんなにも心を動かされるのは、どうしてだろうか。

「わたしも好きだよ」

「夜はいいよな」

「いいね」

「楽しいよ」

自然と手をつなぎ、歩いていた。一緒に歩いて、一緒に住んでいる部屋に、一緒に帰った。なんでもないことだけど、すばらしいことだった。

あのころは、ちゃんと輝いていた。

藤臣はA3の紙を広げた。

「よかった」

「なにが」

「中身はカビてなかった。きれいだ」

「どんなのだっけ」

「ほら」

床にあぐらをかいたまま、藤臣がA3大の紙を広げる。見れば、藤臣の、駆け出しのころの作品だった。今は事務所勤めも長くなって、それなりに大きな顔をしているけど、かつてはプレゼンに行くのにも緊張しているような若造だった。

「ポスターの原案ね。おもしろいと思う、それ」

「自分の作品だけど、俺もそう思った」

「右上に入っている赤がいいね。普通、そこ、オレンジにしそうだけど。左側のマゼンタのラインも効いてる」

「塔子も気がついたか」

「気づくよ」

だって、と言う。

「いいもの」

「不思議だよな。このころの作品なんてさ、今から見返すと、たいていうんざりするわけ。下手だし。線一本を引くのにも、自信なしでやってるのが、見て取れる。そういうのは恥ずかしいっていうか。だけど、これはなんか、いいよ。自分でも思う。俺の思い上がりかな」

「思い上がりなんかじゃないよ。いいと思うよ。ちゃんと広げてみて」

「こうか」

「うん」

「どうだ」

じっと見つめてみる。数年前に転職したので、塔子は今、広告に関わることはない。むしろ営業に近い仕事だ。みんなをまとめるというか。いずれは企画に近い部署にまわされるんだろう。今はその下準備。会社はちゃんと、自分を育てようとしてくれている。ありがたいなと思う。そうして現場から距離ができたけど、だからこそ見えてくるものがあった。かつてのように、良い悪いだけではなく、使えるか使えないかもわかるようになってきた。悔しいことではあるけど、アーティスト渾身《こんしん》の作品が、渾身であるがゆえに、使えないこともあるのだ。売りたい商品より、作家の叫びのほうが勝ってしまうというか。商品として置いてけぼりになる。

塔子は商品を売るのが……いや売るための状況を作るのが仕事だ。アーティストの仕事は商品を引き立てること。逆は駄目だ。絵が心に残っても、商品が残らないのでは、広告にはならない。

そういう意味では、ちっとも藤臣の作品はよくなかった。強すぎる。決して上手なわけではないけど。塗りたくられた色が、引かれた線が、それぞれ主張し合っている。絵の中でも喧嘩《けんか》しているくらいだから、これを広告に使ったら、当然のように商品とも喧嘩するだろう。

「やっぱり、すごくいいと思うよ」

「そうか」

満足したのか、藤臣は作品を丸めた。あれ、という顔をする。束ねるものがないんだ。気がついた塔子は、手を後ろにやり、髪をまとめていたゴムを外した。ようやく壁から背を離し、藤臣のほうに歩いていき、右手で差し出す。

「これ、使って」

「いいのか」

「うん」

頷《うなず》いた途端、髪が垂れた。

寂しくなった。

なぜだろう。

ただ髪が垂れただけなのに。

「ちょっと疲れたよ」

塔子が渡した髪ゴムで作品を束ねながら、藤臣がぽつりと言う。この何日か、荷造りで大変だった。三年も過ごした部屋は、いろいろなものが溜《た》まっていた。どれを捨て、どれを残すか考えながら、さぞかし藤臣は疲れただろう。塔子も同じだった。

「温かいお茶を入れるわ」

「ありがたい」

「ちょっと休みましょう」

ポットと、お茶の葉を捜すのに、一苦労した。もう段ボール箱に詰めてあったのだ。これだろうと思っていた箱ではなくて、別のだった。いくつか開けたり閉めたりした。実に面倒くさい。ポットは当然、見つからなかったので、銀色の鍋《なべ》でお湯を沸かした。それにしても、ぎりぎりまで残しておこうとしたものが、鍋はいいとして、コップじゃなく湯飲みというのはどういうことだろうか。これだとティーバッグを入れたら、ろくにお湯が注げない。仕方ないので、ティーバッグをそのまま鍋に放り込み、ほどよく色が出たところで、湯飲みに注いだ。ひとつは草津温泉と大きく藍《あい》で書かれており、ひとつはわりと品のいい朱と茶の縦縞《たてじま》。持ったら意外と熱く、指先がひりひりした。慌《あわ》てて、リビングのローテーブルに運ぶ。

「お茶、入ったよ」

「ありがとう」

奥の部屋から、声だけが聞こえてくる。ありがとう、だって。お茶を入れただけなのに。藤臣はこういうの、優しいんだ。育ちがいいせいだろうか。だけど、優しいのが、本当は優しくないんだって気づいたのが、この三年でもあった。

リビングに来た藤臣が言う。

「紅茶なのに湯飲みか」

「仕方ないでしょう。片付けちゃったんだから」

「まあ、そうだな」

そして藤臣は辺りを見まわす。乱雑に段ボール箱が積まれていた。塔子のには赤マジックで星マークが描いてある。さすがにハートマークは無理。藤臣のはなぜか渦巻き。ぐるぐると巻かれている。勢いがいい。

「ああ、いや、そうか」

「なに」

「どうなのかなって見てたんだよ。どっちが俺に来るのかなって。草津温泉か、縦縞か。どう見たって、縦縞のほうがいいだろう」

「そうかな」

禽
「普通はそうだって」

言い張る藤臣が持っている湯飲みは、草津温泉だ。別に押し付けたわけではなく、塔子としてはむしろ、そちらのほうが気に入っていた。乱雑に書かれた字が味わい深いというか。とにかく悪くないのだ。

小
「譲ったつもりだったんだけど」

に
「ええ、草津温泉をか」

桜
「うん」

「そういや、おまえ、よくこれを使ってたな。妙だなと思ってたけど、そうか、気に入ってたのか。初めて知ったよ」

「なんだか勢いがいいでしょう。だからエネルギーを貰《もら》えるの」

「なるほどな」

ローテーブルなので当然、ふたりとも床に直座りだ。藤臣はあぐらで、塔子は女座り。膝《ひざ》を斜めに曲げている。ああ、この体勢、本当はよくないんだった。体の軸がずれる。整体の人に言われたっけ。基本は左右に同じ力をかけること。つまりはシンメトリー。体の軸を意識し、左右のバランスを取る。だけど、あぐらをかくのは女らしくないし、正座は膝が痛くなる。

「初めて知ったよ、それ」

「言ってなかったっけ」

「ああ」

「変なものね」

「なにが」

「今日になって、藤臣は知るんだ」

「まあ、そうだな」

藤臣がゆっくり、湯飲みを口に運ぶ。草津温泉。

「確かに変なものだな」

付き合う前、藤臣とふたりで出かけたことがある。どちらが誘ったのか曖昧だ。藤臣がインスタレーション、まあ個展のパンフレットを持っていて、たまたま目にした塔子が見たいと言った。実際、面白そうだったのだ。それをやってる場所は藤臣しか知らなかった。だから藤臣が案内するよと言ってくれた。

　秋雨が長引いて、やけに肌寒かったのを覚えている。ということは、塔子が二十五で、藤臣は二十六になっていた。塔子は十一月生まれで、藤臣は五月生まれ。半年だけ、彼がお兄さん。付き合いはじめる前から、その六カ月間は、彼のことをお兄さんとかお兄ちゃんとか呼んで、嫌な顔をされてたっけ。

　展覧会へ行く途中、藤臣は文句を言った。

「よくも飽きないよな」

「なにが」

「お兄さん扱い」

「だって、おもしろいから。お兄さんにはわからないか」

　塔子は笑った。

　藤臣はまた、律儀《りちぎ》に顔をしかめる。

「俺、それ、大嫌い」

「おまえに言われると、無性に苛々《いらいら》するんだよな」

「そうなんだ」

「小馬鹿《こばか》にされてるっていうか」

「してないわよ」

だって、と続ける。

「お兄さんだもの」

「今のは、いつもの一万倍くらい、カチンと来た」

「ああ、やっぱり」

「わかってるんじゃないか」

「まあね」

下らない話をしつつ、道を歩いた。もちろん、わかっている。年上扱いすると、藤臣がいちいち反応するから、つい繰り返してしまうのだ。これがもし、適当に流されたら、おもしろくないだろう。さっさとやめてしまうはずだ。

「ねえねえ、お兄さん」

「だから、やめろって」

「なんで」

「今日のチケット代、払うよ。いくらだったっけ」

「いや、いい」

「奢《おご》ってくれるの」

期待を込めて言ったら、カーゴパンツのポケットから、ひょいと、彼が薄い紙を二枚出した。個展のチケットだ。

「用意しておいてくれたの」

「先輩の個展なんだよ。だから貰ったっていうか、まわってきたっていうか。仲のいい人だったから、どっちにしろ見にいくつもりだったし」

「じゃあ、わたしが行きたいって言ったのは、ちょうどよかったんだ」

「まあ、そうなのかな」

声がちょっと変な感じだった。まあ、と口にしたあと、ほんの少しだけ間があった。さっきまでふざけていたのに、なんだか怖い目になっている。鋭いというか。ただ、同時に、寂しそうでもあった。

なぜなのか聞いてみたい。でも、なぜか聞けない。

「ほら、行こうぜ」

「うん」

「会場はすぐだよ」

確かにその通りで、五分と歩くことなく、会場に着いた。銀座《ぎんざ》にあるギャラリーで、化粧品会社が運営しているようだった。一階は化粧品会社のショールームだ。こんなところにギャラリーがあるなんて知らなかった。

ショールームの手前で、右のほうに曲がると、すぐにエレベーターがある。

「化粧品会社がやってるところなの」

「そうだよ」

「絵には関係がない会社なのに」

「理由は知らないけど、アートに理解があるんだよ。箱根《はこね》のほうで美術館もやってる。絵ばかりじゃない。陶器をやることもあるし。この前は十九世紀の、香水瓶のコレクションだったな。根付けもやってたかな」

「アート全般のギャラリーなのね」

「そう、銀座のね」

また変な感じの声。今度はなんとなく、わかった。銀座という場所を口にしたということは、なにか意味があるのだ。銀座のギャラリーか。大手化粧品会社がやっていて、中央通り沿いにある。ビル自体もすごくお洒落《しゃれ》だ。一流という言葉が頭に浮かぶ。

エレベーターの中で確かめてみた。

「こういうところで個展を開くのは、すごいの」

「当たり前だよ」

「誰でもできるわけじゃないんだね」

「銀座は特別なんだよ。この辺りは、アートに関わってないとわからないかもしれないけど、ギャラリーがいっぱいあるんだ。ちょっと興味がある人間とか、仕事にしてる人間が、よくやってくる。ここで個展ができるのもすごいけど、次への階段でもあるんだ。興味を持ってもらえたら、大きな仕事が来るかもしれない」

「今日は先輩の個展なんだっけ」

「ああ」

「その先輩はすごいんだね」

「すごいよ」

言葉が切れると同時に、エレベーターのドアが開き、藤臣はさっさと降りてしまった。慌てて、その背中を追う。紺色の制服を着た受付の人が、深々と頭を下げてくれた。さすが化粧品会社のギャラリーだ。とてもきれいな顔立ちで、ばっちりメイクだった。藤臣がチケットを渡すと、丁寧に判を押し、返してくれた。

「どうぞ」

上品な声に促され、奥へと向かう。ガラスの戸を開けただけで、途端に暗い感じになった。壁が黒いせいだろう。照明も落とされている。いきなり異空間に切り替わった。藤臣はどんどん先へ進んでいく。塔子は追いかけてばかりいる。

「来ましたよ」

藤臣が言った。

応じたのは、ひとまわりくらい年上の人だった。

「ようやくか」

「ご無沙汰《ぶさた》してます」

「元気にしてるか」

「なんとか」

「望井さんのところで世話になってるんだってな。話を聞くよ。望井事務所のホープだそうじゃないか」

「勘弁してください。誰ですか、それ言ったの」

「望井さん本人」

「すごく微妙な気持ちです」

藤臣の背中がいきなり丸くなった。どんどん、どんどん、小さくなっていく。望井さんというのは、塔子と藤臣が勤めているデザイン事務所の社長だった。塔子はアルバイトの雑用係で、藤臣は正社員のデザイナー。立場上は彼が上になるけど、会社に入ったのは塔子のほうが早いので、対等の付き合いをしている。いや、偉そうに振舞っているのは、むしろ塔子かもしれない。

ちょっとばかりわざとらしく、先輩とやらが、塔子のほうを見た。

「ああ、紹介します」

慌てて、藤臣が言う。

「同僚の三崎《みさき》さんです」

「初めまして。三崎と申します」

「川野《かわの》です。よろしくお願いします」

さっき藤臣と話していたときは、とても気さくな感じだったのに、途端に丁寧な態度になった。いっぱしの社会人という感じ。こういうギャラリーで展覧会をやるような人だし、芸術家だから、もっと尖《とが》った人なのかと思ったら、そうでもない。物腰は、藤臣より、よほど柔らかい。

「望井さんのところで働いてると、大変でしょう」

「そうでもないです」

「怒鳴ったりしませんか」

「わたしには」

そう言って、藤臣のほうを見る。

藤臣は顔をしかめた。

「俺は怒鳴られまくってます」

「怒鳴られるようなことをしてるからだ」

「まあ、はい」

仕方のないことだった。藤臣は正社員で、デザイナーで、だから責任がある。広告を仕上げなければいけない。けれど塔子は、お気楽なアルバイトだった。

アルバイトという立場に不満はない。そもそも楽をしたくて、アルバイトになったのだから。

大学を卒業したあと、財閥系の商社に就職したけど、とんでもない激務だった。朝から晩までどころか、朝から次の朝まで会社に拘束された。繁忙期には、家に帰ることができない日が続いた。女なのに化粧もできず、服も着替えられず、それを気にする人もおらず、誰もが疲れ果て、倒れる寸前まで働いていた。商談は国際的で、扱う金額は何百億という単位だったから、やりがいはあった。世界を動かしていると感じるときもあった。ただ忙しすぎた。無理だと思ったのが二年目で、それでもなんとか頑張って三年目に入ったものの、そこが限界だった。ある日、ふと気づいたのだ。生理がずっと来てないことに。妊娠したわけではない。あのころ、恋人はいなかった。一カ月、二カ月、三カ月……、と来てない月を数えるうち、記憶の届かないところまで行ってしまった。八カ月は確実で、おそらく一年以上だ。

その日のうちに辞意を伝え、けれど引き留められ、三カ月後に退職がようやく認められた。せっかく就職した会社を辞めるのはもったいなかったけど、無理なものは無理だった。会社の玄関を最後に出たときは、心の底から、ほっとした。

親は残念そうだったものの、塔子の働きぶりが尋常ではないことに気づいていたらしく、しばらくはゆっくりすればいいと言ってくれた。

塔子もそのつもりだった。

だから、アルバイト。

厚生年金はないし、時給はひどく安いし、働きがいもない。その代わりに気楽だ。

失敗をしても、すみませんの一言で済んでしまう。社長の望井さんは厳しい人だけど、なんの期待もしてない塔子には甘い。以前なら……そう、就職する前の塔子なら、扱いの差に憤《いきどお》ったかもしれない。女だって男と同じように働けるし、同じように扱うべきだと。けれど、男とか女とかの前に、人間としての能力、意識、才能に差がある。人は決して平等ではない。階段を下りると決めた途端、そういうことがよく見えるようになった。

社会が戦場だとするならば、塔子には戦い続ける能力がなかった。哀《かな》しいことだ。仕方のないことだ。

「まあ、望井さんに怒られるのは、悪いことじゃない」

「わかってます」

「本当か」

「え……」

「おまえ、本当にわかってるか」

「わかってるつもりです」

だったらいい、と川野さんは頷《うなず》いた。

「ほら、三崎さんを案内しろ」

上から命令しているようでも、言葉や態度は柔らかく、藤臣のことを可愛《かわい》がっているのがわかった。

「わかりました」

「作品をちゃんと見て、悪口のひとつでも言ってくれ」

「いいんですか」

「ああ」

「言ったら怒るんでしょう」

「当たり前だ」

藤臣のほうも、川野さんには親近感を抱いているらしく、甘えたような感じが入る。様子を見ながら、塔子はいいなと思った。男同士という感じ。塔子にも親しい友人はいるけど、女同士だとこんなふうにはならない。

「じゃあ、行こう」

言われて、塔子は藤臣と一緒に歩き出した。思ったよりも会場は狭くて、点数もさほどではなかった。

シルクスクリーンや造形が二十点ほど。

「この色、ここに置くのか」

作品の前で、藤臣が立ち止まった。

確かにいい感じだった。理由はわからないけど、引き寄せられる。

「お洒落だね」

「ただ、ちょっと毒を含んでる」

「そうかしら」

「え、違うかな」

「ひたすら、きれいに見えるよ」

「なるほど」

「でも、わたし、ただのアルバイトだし。絵ってよくわからない。藤臣がそう言うんなら、そっちのほうが正しいんじゃないの」

「正しいとか、正しくないとかはないよ」

「そうなの」

「絵に正解なんかあったら困る」

そんな話をしているうち、誰かが藤臣の肩を叩《たた》いた。おう、よう、とか言い合っている。向こうは三人組で、いきなり調子が変わってしまった。話の内容から、大学の同級生なのだと知れた。放っておかれる形になったけど、楽しそうな藤臣を見ていたら、それでもいいかという気がして、ひとりで会場をまわった。川野さんの作品は、光の玉を散らしたものが多く、その色遣いと、配置に特徴があった。儚《はかな》くて、美しくて、きれいだった。絵には詳しくない塔子にも、すごいんだなとわかった。

見終わったあとも、藤臣は同級生たちと話している。さて、どうしたものだろうか。あそこに混じるべきなのか。

迷っていると、川野さんがやってきた。

「どうでしたか」

「すごくよかったです」

「本当ですか」

「ええ」

「本人だからって遠慮しなくていいですよ。プロなんで。本人にこそ、厳しいことを言ってください」

「遠慮じゃなくて、わたし、本当にいいと思いました」

「よかった」

川野さんは大きく息を吐いた。同時に肩が下がる。緊張していたのだ。たかがアルバイトの、若い娘の一言、二言に。

こんなところで個展をやる人でも、やっぱり怖いのだ。

仲間とじゃれている藤臣に、川野さんは目をやった。

「あいつはどうですか。本当に怒られてますか」

「それはもう」

「よかった」

「なぜですか」

「望井さんはね、見込みのある奴ほど、きつく当たるんですよ。三崎さんはいつから、望井さんのところにいるんですか」

「一年くらい前です」

「じゃあ、僕と入れ違いだ」

「川野さんも、望井さんのところに……」

「いましたよ。半年だけ」

「半年ですか」

「怒られて、納得がいかなかったから、大喧嘩《おおげんか》になった。半年で飛び出したっていうか、追い出されたっていうか。最短記録保持者なんですよ。望井事務所で働いたデザイナーの」

「望井さんと喧嘩はすごいですね」

なにしろ望井さんは、やたらと怖い顔をしている。背も高い。胸板は厚い。声は大きい。大半の人は、対面しただけで臆《おく》してしまうだろう。それに比べ、川野さんは普通の体格で、優しい顔つきだった。物腰も柔らかい。望井さんの怒鳴り声に吹き飛ばされてしまいそうだ。

「腹が立ったんでね」

「川野さん、怒るんですか」

「怒りますよ」

「意外です。優しそうに見えるのに」

「実は気が短いんです」

そうは思えないけど、デザインや絵をやる人間は、やっぱりなにか持っているものだ。才能かもしれないし、意志かもしれない。あるいは両方かもしれない。半年で大喧嘩をした川野さんだからこそ、今、ここに……銀座のギャラリーにいるんだろうなと思った。

「あいつはどうなるのかな」

「藤臣ですか」

「僕と違って、あいつは優しいから」

「まあ、はい」

「作る側の人間としては優しすぎる。三年たっても望井事務所にいたら、三崎さんが追い出してください。ちょっとしたジンクスみたいなものがあるんですよ。ジンクスっていうか、法則みたいなものだけど」

「法則……」

「望井さんと喧嘩した奴ほど大成するって。あいつはそこが足りない」

藤臣を見つめる瞳《ひとみ》は、なんだか悲しそうだった。言葉が切れ、そのまま、沈黙が続く。なにか言いたかったけど、なにも言えず、塔子もまた黙っていた。やがて藤臣たちがやってきて、川野さんも含めての雑談になった。

藤臣は結局、三年たっても望井事務所を辞めなかった。

先に辞めたのは塔子のほうだった。

別の会社に、今度はゆっくり働ける会社に、再就職したのだ。望井さんからの紹介で、アーティストのマネジメント会社だった。営業と事務が一緒になった感じだ。さしてやりがいがあるわけではないけど、それでいいんだと思う。商社にいたころのようなスリル、世界を動かしている感じは、自分にとって重すぎる。望井事務所のアルバイトは、楽すぎる。今の仕事がちょうどいい。分相応。

あるいは、藤臣もそうなんだろうか。

望井事務所にすっかり落ち着いて、今は望井さんの片腕みたいなことをしている。それはそれで、ひとつの生き方なんだろう。誰もが川野さんのようになれるわけではない。あれから、あちこちの広告で、川野さんの絵を見かけるようになった。駅の広告板で、渋谷の大きなスクリーンで、有名な歌手のＣＤジャケットで。テレビに出ている姿を見たこともある。

テレビのとき、藤臣も一緒だったっけ。

「川野さん、すごいよな」

ぽつりと言った。

「本当にさ、すごいよな」

藤臣は川野さんになれなかったのだ。

午後には引っ越し屋がやってくる。最初は塔子が頼んだ業者で、それから二時間後に藤臣が頼んだ業者。藤臣のほうはいくらか遅れるかもしれないそうで、時間が重ならないよう、ちゃんと調整してある。なにしろ廊下も階段も狭い。ふたつの業者が同時に作業をするのは大変……というより無理だろう。

荷物をまとめ、段ボール箱に詰めたあと、布製のガムテープで閉じる。縦はよかったけど、横の途中でガムテープがなくなってしまった。ああ、駄目だったか、と思いながら、塔子は息を吐いた。業者が来るまで、あと一時間ほど。なのにまだ、こうして荷物の整理をしている。はたして終わるんだろうか。箱に入れなければいけないものを、頭に浮かべると、リストがどんどん長くなっていった。急がなくては。どうして自分はこうなんだろう。いつだって、ぎりぎりだ。よくもまあ、なんとかなってきたものだ。いや、なんとかならなかったから、こうなっているのか。

また息を吐き、塔子は立ち上がった。

隣の部屋に行く。

襖《ふすま》で分けられているだけだし、端の一枚が開いているので、隣という感覚さえ薄い。実際、大人数で集まるときは、襖をすべて外し、ひとつの部屋として使っていた。そうすると、十五、六畳になる。

「ねえ、藤臣」

声をかけると、彼は段ボール箱にもたれかかり、本なんか読んでいた。

「ガムテープを貸して」

「いいよ」

手元にあったそれを、ひょいと投げてくる。

塔子は慌《あわ》てて受け取った。

「藤臣はいいの」

「え、なにが」

「荷物をまとめなくても。本なんか読んでるから」

「だいたい終わってる」

しかし塔子にはそう思えない。藤臣の私物、たとえば名画全集とか、たくさんのDVDとか、タブレットとか、あちこちに転がっているのだ。

「その荷物、どうするの」

「箱に放り込むよ。ほら、俺のほうは、おまえより二時間余計に時間があるから。まだ余裕ってわけ」

「二時間ね。大きいわね」

「ぎりぎりだとな」

ふむ、と思う。業者が来る時間を藤臣と相談したとき、塔子が先を選んだ。残されるのが嫌だったからだ。最後……そう、本当の最後に、藤臣も自分も出ていって、部屋に鍵《かぎ》をかけるのも嫌だった。そういうときの、自分の姿が頭に浮かんだから、先にした。判断は間違ってないと思う。ただ、時間に追われている今は、少しだけ藤臣がうらやましい。

「本当に間に合うの」

画集を手に取り、ぱらぱらと捲《めく》る。洋画だと思っていたら、日本画だった。さすが画集になるだけあって、塔子も知っているものが多い。風神雷神図《ふうじんらいじんず》とか。ええと、これは琳派《りんぱ》っていうんだっけ。

「間に合うだろう。いざとなったら、適当に箱へ放り込んじゃえばいいだけだし」

「あとで箱を開けるときに困るよ」

「まあな」

「ああ、でも、それでいいのかも」

「どうしてだよ」

「前にね、引っ越した先輩がいるのね。ぎりぎりになるまで、荷物をまとめてなくて、引っ越し屋が来る前日に、捨てるものを分けたりとかしないで、もう片っ端から箱に詰めていったんだって」

「なるほど」

「それで新居に移ったんだけど、どうしても必要なものは、やがて捜すでしょう。どこにあるかわからないから苦労するけど、まあ、見つかるわけ。一年くらい、必要になったら捜すって生活をしてたけど、半分くらいの箱は開けないままだったんだって。だから、その先輩、開けなかった箱はみんな捨てたって言ってた」

「ええ、みんなかよ」

「そう」

「いるものもあったんじゃないか」

「先輩が言うには、一年暮らして、捜さなくてすむものは、本当に必要なものじゃないって気づいたんだって」

「言われてみれば、確かにそうかもな。でもさ、思い出の品とかあるわけだろう」

「うん」

「当面、必要じゃないかもしれないけど。気持ちっていうか、心っていうか、そういうところでは、必要なんじゃないか」

「だから、先輩は、そういうのを捨てることにしたわけ」

「平気なのかな」

「気にもならないって笑ってたよ。強がりじゃなくて、軽々しいでもなくて、ええと、浮かれてるでもなくて――」

「自由になった感じか。身軽とか」

「そう、それ」

「なるほどな。確かに積み重ねていくばかりがいいとは限らないよな」

「人生、長いものね」

「捨てたほうがいいときもあるわけか」

言葉が途切れ、ふたりとも、積み重なった段ボール箱を眺めた。中にはいろいろなものが詰まっている。それらは塔子が、藤臣が、積み重ねてきたものだ。藤臣がどうだか知らないけど、塔子はずいぶんと捨てた。友達に貰《もら》った趣味の悪いフォトフレームとか、時計とか、手紙とか。大切なものもあったけど、ずっと持ち続けるわけにはいかない。いつだったか、徹夜で荷物整理をしていたとき、やたらとハイになって、どんどん捨ててしまったことがあった。今になってみると、惜しいものもあった気がするけど、あれでよかったんだろう。

しみじみと考えながら、藤臣のほうを見ると、彼もなにか考えているふうだった。聞いてみたい気もするけど、聞かないほうがいい気もする。仕方なく、手元の画集を捲っていると、似たような絵が何枚もあることに気づいた。

「同じじゃないの、これって」

「どれどれ」

藤臣が這《は》うように近づいてくる。

ほら、と塔子は示した。

「風神雷神図だな」

「ちょっと違うけど、似てるよ」

「いわゆるオマージュ」

「ああ、なるほど」

「元々さ、風神雷神図なんて、お決まりの構図なわけ。だから、どれも必然的に似てくる。ただ、塔子の言ってる奴は、ちゃんと意識して前のを真似《まね》してるわけ。最初がほら、この俵屋宗達《たわらやそうたつ》ので、次が尾形光琳《おがたこうりん》だな。尾形光琳は俵屋宗達のをきっちり模写してる。ここまで模写できるのもすごいよな。それから、酒井抱一《さかいほういつ》が、尾形光琳のを写した」

「だから、ほとんど同じのが、みっつあるわけね」

流れはわかったけど、三人も出てきて、名前が独特だから、よく覚えられない。

とにかく、どれもすばらしい。

「俺は酒井抱一が好きなんだ」

「どれ」

「これ」

「ちょっと違うのね」

塔子から画集を取り上げると、藤臣はぱらぱらと器用に捲っていった。彼の指は先が細くて、いつもきれいに爪《つめ》を手入れしているものだから、とても清潔で美しく感じられる。もちろん男らしい無骨さもあるけど。

その手を塔子は愛していた。おそらく、今もまだ。

「風神雷神図より、こっちのほうがもっと好きだな」

「あ、かわいい」

「そうだろう。いいだろう」

「鳥がいいね」

「構図自体が最高だよ」

藤臣が見せてくれたのは、さっきの、金箔《きんぱく》がきらきら光る豪壮な屏風《びょうぶ》絵ではなく、掛け軸だった。桜が上品に描かれ、枝に一羽、小さな鳥がとまっている。

「本当にこれが好きでさ」

「うん」

「若いころ、何度も何度も模写したことがある。やっぱり昔の人はすごいよ。何十回描いたって、ちっとも同じようにできないんだよな。全然、駄目。描いているうち、自分の下手さが嫌になって放り出すんだけど、悔しくてまた挑戦しちゃうんだ」

「藤臣、大学は洋画でしょう」

「そうだよ。だから油で模写した。それはそれでおもしろいかと思ってさ」

「確かにね。なんていう絵なの、これ」

「そのまま。『桜に小禽図』だよ」

「ショウキン……」

字と意味がわからず戸惑っていたところ、実に意地悪く、藤臣は笑った。わざとらしいから、本当はちっとも意地悪じゃないんだけど。

「小さな鳥って意味」

「すごい。きれい」

「そうだろう」

誇る藤臣は、まるで自分の絵のよう。

「すごいだろう」

「真似したくなるよね」

「実際、勉強になったよ。いろいろな絵を写すのもいいんだけど、同じ絵をひたすら描くのって、けっこうなトレーニングになるんだよな。陸上とかだと、十メートルダッシュを五十本とかやるだろう。あんな感じ。だいぶ力がついたと思うな」

「そんなに描いたんだ」

「描いた描いた」

言いながら、藤臣は勢いよく立ち上がった。段ボール箱の山に向かい、せっかく閉じたのを開けていく。あれ、違ったか、これじゃなかったか、こっちか……、などと呟《つぶや》いている。

「なにしてるの」

「いや、模写した奴、さっき箱に詰めたんだよ」

「捜してるの」

「ああ」

「いいよ。せっかく箱にしまったのに」

「俺が見たいんだよ」

「だけど——」

「あった」

藤臣はそれから、たくさんの絵を、床の上に並べた。『桜に小禽図』ばかりだ。確かに下手で、まったく駄目だった。とはいえ必死になって真似しようとした情熱は感じられる。これを描いたころの藤臣は大学生で、頑張っていた。もちろん、今でも彼は頑張っているけど、学生のそれは、また違うものだ。良いとか悪いとかじゃなく。質……いや性質が異なっている。

ああ、と塔子は思った。この絵を描いていたころの藤臣は若く、汗なんかいっぱい掻《か》いていたんだろう。焦《あせ》ったりもしたし、将来に不安を抱いていただろうし、だからこそ未来にたくさんの希望を持っていたはずだ。

藤臣が律儀《りちぎ》に並べていくものだから、床が『桜に小禽図』だらけになった。

「すごいね」

「なにが」

情熱が、と言いかけて、やめておいた。藤臣は恥ずかしがるだろう。だから、ちょっとだけ……そう、ほんのちょっとだけ言い換えた。

「同じ絵がこれだけあるなんて」

「よく描いたよな」

「すごいよ」

「今はもう、こんなことできないな」

「そうなの」

「無理無理。飽きちゃうよ」

藤臣の声には、ちょっとした諦《あきら》めが漂っていた。だけど塔子は釈然としない。だって、この前、徹夜でラフ画を何枚も何枚も描いてたじゃない。同じだよ。この、たくさんの小禽図と。

時間がないのはわかっていたけど、並んで、しばらく絵を眺めていた。

「さて、引っ越しの準備に戻るか」

「そうね」

「おまえ、もうすぐ業者が来るぞ」

「あれ、本当だ。絵なんか見てる場合じゃなかったわね」

「急げよ」

「そうする」

作業を再開し、次々と段ボール箱に荷物を詰めていく。藤臣も同じように荷造りを始めた。いろいろなものをしまった。『桜に小禽図』の模写をしまった。気持ちをしまった。そうして、段ボール箱をガムテープで閉じた。もしかして、と思う。いくつかの段ボール箱は開けられないままかもしれない。先輩の言葉が頭に浮かぶ。

「一年たっても開けない箱は、いらない箱なのよ」

すべての作業が終わったころ、塔子の引っ越し屋がやってきた。間に合った。引っ越し屋は手際《てぎわ》がよくて、どんどん段ボール箱を運び出していく。塔子だとひとつがようやくの箱を、三つも四つも抱えるのにはびっくりした。思わず藤臣と顔を見合わせてしまったほどだ。

「すごいね」

「まったくだ」

「プロだね」

「確かに」

ううん、と藤臣が腕を組み、考え込む。

「どうしたの」

「いや、俺もプロだけどさ」

「それがどうしたの」

「同じだけの仕事ができてるか、ちょっと不安になった」

「できてると思うよ」

「そうか」

「うん。できてる」

本音だった。川野さんには届かなかったけど、藤臣は藤臣で頑張っている。それだって立派なことだ。

「だったら、よかった」

「わたしは駄目だけど。プロじゃないわ」

「そういう道を選んだんだろう」

「まあね」

「それならそれでいいんじゃないか」

「わかってる」

話しているあいだに、塔子の荷物はすべて運び出されてしまった。とはいっても、藤臣の荷物は残っているので、まだまだ雑然としている。去るという実感が、どうにも湧《わ》かない。ちょっと出かけて、帰ってくるという感じ。だけど、そうではないのだ。ここには二度と来ない。引っ越す。藤臣とは別れる。今は会社が違うから、藤臣と会うのは最後かもしれない。なんだか目の端っこが熱くなったけど、たいしたことなかった。ほんのちょっとだ。こうなるまでにずいぶんと泣いた。流す涙はすでに枯れてしまった。

「じゃあね」

靴を履きながら、塔子は言った。迷った末、スリッパをバッグに押し込んだ。残していくわけにはいかない。スリッパの角度が悪かったのか、バッグが歪《ゆが》んで、それがなぜか悲しい。ちゃんと入れれば直るけど、そんなことをする余裕はなかった。引っ越し先を記したメモも渡せなかった。

藤臣は玄関に立っていた。

「じゃあな」

ドアが閉じ、藤臣は消え、塔子は階段を下りた。枯れたはずのものが湧いてきた。ほんの少し。残っていた。右手の人差し指で拭《ぬぐ》ったら、乾いてしまう程度。マンションの下にはトラックが停まっていて、塔子を待っている。

急ぎ足で、塔子は階段を下りた。

エンドロールは最後まで

荻 原 浩

荻原浩（おぎわら・ひろし）

一九五六年埼玉県生れ。九七年『オロロ畑でつかまえて』で小説すばる新人賞を受賞しデビュー。二〇〇五年『明日の記憶』で山本周五郎賞を受賞。著書に『ハードボイルド・エッグ』『神様からひと言』『僕たちの戦争』『さよならバースディ』『あの日にドライブ』『押入れのちよ』『四度目の氷河期』『愛しの座敷わらし』『ちょいな人々』『オイアウエ漂流記』『砂の王国』『月の上の観覧車』など。

千帆《ちほ》が、結婚しない女として生きていこうと決めたのは、三十八歳の誕生日が間近に迫った秋の終わりだった。

決断に至るきっかけはいくつもあって、順序立てて説明できるものでもないのだが、あえて三つ挙げろと問われれば、こうなる。以下順不同。

その1。三週間前のお見合いパーティー。これまでの千帆は、世の中にはお見合いパーティーというシステムがあり、そうした手段を利用して結婚に至る人々もいるのであるな、とまるっきり他人事《ひとごと》だった。それが急遽《きゅうきょ》、初体験することになったのは、マキヨから今年三度目の「一生のお願い」をされたからだ。

「一生のお願い。一人で行くのは、ほら、ちょっと、あれじゃない」

ちょっとあれ、の「あれ」の意味が良くわからなかったが、マキヨとは高校からのつきあいで貴重な独身の女友だちだったから、あっさり断りのメールを送るのも気が

引けてずるずる答えを引きのばしているうちに、

Ｆｒｏｍ麻紀代
Ｓｕｂ　決戦は土曜日！！
　ＡＭ10：45、有楽町マリオン前集合！
　ともに幸せをつかもう。

ということになった。人から頼まれたら、嫌と言えないのが千帆の悪い癖だ。

モテない男と女の吹きだまりのような集まりを想像していたのだが、参加者は普通の人たちだった。普通すぎるぐらい普通。でも、結局、最後までついていけなかった。口では性格の良い女性希望、なぁんて言いながら、目は顔や服の中身ばかり追っかけている、男たちの求愛行動中のグンカンドリみたいな鼻息に。プロフィール欄から推定される生涯収入と、顔や身長や親との同居の可能性などなどを天秤《てんびん》にかけて必死に目盛りを読んでいる、女たちのナチュラルメイクに隠された食虫植物みたいな気合に。

だけどまぁ、女と男が普通に出会って、結婚に至るきっかけだって似たようなもの。お見合いパーティーは、そのわかりやすいカリカチュアだった。なるほど、ロマンチックなプロセスを抜きにしてしまえば、結婚というのは、女と男が手持ちカードを交換する商談なのだな。三十七歳にして千帆は悟り、そして思った。ただのカードゲームなら、自分は降りよう、と。

その2。妹が結婚し、子どもが生まれた。式は今年の四月、出産は十月だ。実家のある広島には正月とお盆にしか帰らないのだが、姉として、甥《おい》と対面する儀式はきちんと通過せんといけんね、と考えて、夏に続いて先月も帰省した。

妹の百代《ももよ》は商業高校を出て、県内で就職し、結婚するまで母親と同居を続け、いまも同じ市内に住んでいる。東京の大学の英文科を卒業して、都内の外資系金融に就職した千帆と自分を勝手に引き比べて、いじけてばかりいる子だった。「私は頭が良くないから。美人じゃないし」「お姉ちゃんみたいにはいかんよ」

姉妹の力関係が微妙に変わったことは「次は千帆ちゃんの番だね」なんて言葉の矢を、ひきつった笑顔でかわし続けた結婚式の時からなんとなく感じていた。今回、産婦人科の病室で完全に逆転したことを知った。赤ん坊を抱いて「痛いなんてもんじゃないよ。経験しないとわからんよ」と図太く笑う百代は、こっちの僻《ひが》みもあったにせよ、負け犬を見下ろす目線になっていた。母親は孫と妹しか眼中にない様子で、帰省中の千帆に対するいつもの口癖「早く結婚しなさい」が一度も出なかった。

子どもを生んで育てるのが一人前の女？　新郎新婦にはぜひ野球チームができるほどの子宝を？　日本の少子化が心配？　人口過剰で地球がパンク寸前だっていうこの

時代に、まだそんなこと言うか。

その3。二年前に別れた男が結婚した、と風の便りに聞いた。

以上。

その3の翌日、千帆は住宅情報誌を買った。賃貸ではなく購入物件が中心の豪華な表紙のやつ。当面、いまの1DKを引っ越すつもりはないのだけれど。十五年間OLをやっていれば、そこそこお金は貯まる。あとどのくらい足せば、終《つい》の住処《すみか》にできるマンションに手が届くのか、データ収集をしておいて損はない。

旅行会社の店頭からパンフレットもピックアップした。一人旅をするためだ。いままでの千帆は、誰かの旅行プランに乗っかるのがいつものパターンだった。自分の依存体質もなんとかしなければ。こっちは近々必要になりそうだ。お見合いパーティーで知り合った五歳年上の商社マンとつきあいはじめたマキヨから、毎年恒例になっている温泉旅行の誘いがまだないのだ。

女同士の友情なんて近隣諸国との平和協定のようなもの。有事には破棄される。マキヨは年下好きだったはずなのだが、「理想は成人病健診通知と一緒に捨てた」そうだ。

そんなこんなで、千帆は決断を下した。結婚しない女になることを。結婚できない女ではなく、結婚しない女、だ。ここ重要。

一人で暮らしていくことを孤独と思わず、肯定し、享受する。収入はすべて自分に投資し、結婚したら犠牲になってしまうだろう事々に費やす。海外旅行。スポーツジム。習い事。大人の女にふさわしい服や持ち物やインテリア。ペット。うん、悪くない生き方だ。

先週は生まれて初めて一人で牛丼を食べに行った。そして今日は久しぶりに一人で映画館に入った。

映画は好きだけれど、映画館で観ることはめっきり減った。千帆好みのミニシアター系に誘える人間はかぎられているし、妥協してメジャーな映画を観るにしたって、そういうのが好きな子にかぎって早々と結婚し、子育て真っ最中で、誘いづらいからだ。この頃は、めぼしい映画はチェックだけして半年待って、レンタル店で借りることが多くなった。

そう、映画って本当は一人で観るものなのよ。開幕ベルは自分で鳴らさねば。

午後八時からのレイトショーは、予告も映画泥棒のＣＭも終わり、いままさに始まったばかりだ。

†

予想していたより切ない結末が暗転して、クレジットが流れはじめた。

映画館は終わった時が寂しい。一人ならなおさらだ。まだ父親が生きていた子どもの頃、ドライブの帰りに眠ってしまって目覚めた時の感覚に似ている。さっきまで間近な山稜や夕日が沈む海岸を眺めていたはずなのに、その一瞬ののちには、色の乏しい見慣れた世界に連れ戻されているのだ。

それにしても。

映画のエンドロールは最後まで見るべきなんだろうか、それとも終わったらさっさと席を立つべきなのか。ふだんなら一緒に行った誰かに合わせればいいのだけれど、一人きりだと自分で決めなくちゃならない。

座席はまばらだった。マイナーな映画だからか、一人で来ている客も多い。途中で席を立つのは、たいてい一人客だ。孤独な自分を人目に晒《さら》したくないと考えているふうに。

千帆は背中をシートに預け直した。そうすることが義務に思えて。私はエンドロールが終わるまで待とう。テーマ曲をもう少し聞いていたかったし、最後の最後で、悲しいラストをどんでん返ししてくれる特典映像があるかもしれない。

どんでん返しはないまま、場内が明るくなった。千帆は残っている人間の誰よりも早く、バッグと上着をひとまとめにつかんで立ち上がった。足もとだけを見つめて、売店の灯が消えたロビーを抜け、出口へ急ぐ。

十二月に入ったばかりだというのに、街はどこもかしこもクリスマスデコレーションで飾り立てられていて、道行く人の背中をジングル・ベルがせき立てていた。ワム！の〝ラスト・クリスマス〟をイヤーマフで塞いで早足に歩く。金曜の夜だ。さて、これからどうしよう。

残業を大急ぎで片づけて映画館に駆けつけたから、夕飯はまだだった。家へ帰って冷凍庫にストックしてあるカレーを温め直すという選択肢もあったが、あ、あさっては三十八歳の誕生日だ、と忘れることにしていた事実が頭に浮かんだ瞬間、あえて外食をすることにした。お酒も飲める店にしよう、そう決めた。

決めるということと、できるということは別物で、一致させるのが難しい。

どこにも入れなかった。ガラス張りの開放的なイタリアンならと思っても、週末のこの時間にはカップルで溢《あふ》れているに違いなく、その中で一人、罰ゲームみたいにワインとパスタをすする自分が想像できなかった。

和食の店のカウンターはどうだろう。いやいや、親父たちのいろんな意味の視線の餌食《えじき》になるだけだ。三十七にもなって、東京に出てきたばかりの小娘の頃から、ぜんぜん成長していない自分が情けなかった。自意識過剰だよ。誰もあんたのことなんか見ちゃいない。気にしちゃいないよ。自分にそう言い聞かせてみる。

いや、無理。

とはいえ、すごすごと家へ逃げ帰って、つくりすぎて辟易《へきえき》しているカレーをもさもさ食べるのは嫌だった。あてもなくさすらう千帆の目の前に、救命灯のようにオレンジ色の看板が現れた。

牛丼屋。ガラス越しに見る店内は、入りづらいほど混んではおらず、居たたまれないほど空《す》いてもない。よしっ、今夜もいっちょ、つゆだくいってみるか。先週入ったところとは違うが、前の男とは何べんも行っている店だ。勝手はわかっている。

そこそこ人が入っているように見えたのは、客たちの大半がカウンターにへばりついているからだった。客は全員、男。養鶏場みたいなカウンターの列に参加する勇気はなく、人の少ないテーブル席を選んだ。それも一番隅の二人がけテーブル。壁と向き合う椅子を選びかけて、これじゃあ独房だな、と反対側に座り直す。

水を運んでくる店員は不機嫌そうだった。混んでいない時にはカウンターに座るのが牛丼界の暗黙のルールだと言わんばかりに。

牛丼屋に慣れた女だと思われたくなくて、メニューを顔の前に立て、初めて眺めるふりをした。ファミレスによくあるチャイムは見当たらなかった。店員とアイコンタクトを試みたが、テーブル席を選んだ罰を与えるように、こっちを見ようとはしない。

ふいに声が降ってきた。

「隣、いいですか？」

隣のテーブルの前に男が立ち、千帆に笑いかけていた。いいですかも何も、席はいくらでも空いている。

千帆が言葉を失ったのを、勝手にYESだと解釈したらしい。男ははす向かいの椅子に座るやいなや、カウンターに向かって片手をあげた。

「すいませーん」

よく通る威勢のいい声に、千帆を黙殺していた店員があわてて飛んできた。ちょっといい気分。

「こちらを先に」

男が千帆を片手で指し示す。先を譲ろうというのだ。どうせ一分で来るからどっちでもいいのに。お腹《なか》は酷《ひど》く空《す》いていたけれど、当然並盛。前の男と入った時のように「つゆだくで」なんて言えやしなかった。男は大盛を頼み、注文を終えると、また笑いかけてきた。何、こいつ？　牛丼屋でナンパ？　思いつくかぎりの最悪に近いシチュエーションだと教えてやりたい。うつむいて髪を垂らして顔を隠してやった。

「さっき、シネ・カルティエで映画を観ていた方ですよね」

垂らした髪をかき上げた。グレーのコートの下にVネックのセーター。襟元からよれよれのTシャツと鎖骨が覗いている。ひょろりとした体のわりに、丈夫そうな鎖骨だった。

「やっぱりそうだ。僕も観てたんですよ」

続いて口にしたのは、いま観てきたばかりの映画のタイトルだった。それがどうしたっていうの。だからって話しかけられても困るんだけど。

男の分も運んできた店員は、二つのトレーをどっちのテーブルへ置けばいいのか迷っている様子だったが、結局それぞれの前に置いていった。

さ、とっとと食べて帰ろう。箸を手にとると、男がしつこく声をかけてきた。

「一人で映画を観ること、多いんですか」

少なめに運んだひと口なのに、喉につかえてしまった。音を立てないように水を飲んでから、男の顔を見ずに答える。完全無視が得策なんだろうけれど、これだけは言っておきたくて。

「今日はたまたまです。いつもと言うわけじゃありません」

「そうかぁ。僕はたいてい一人です。映画って一人で観るものだと思ってるから」

千帆が言うべきだったせりふを、横取りされてしまった。心の中のメモ帳に赤字で添削された気分だった。

顔を上げて、髪を耳にひっかけた。男は千帆と変わらない年に見えた。若者とおじさんの中間ぐらいの感じ。前髪がさらさらで、固い職業には見えない。

男が千帆のテーブルの向かい側に視線を走らせた。

「そっちに行っていいですか」

あまりに自然な口調だったから、どうぞというふうに片手を差し出してしまった。

「でも、一人映画の欠点は、語り合える人がいないってことなんですよね」

根拠なく馴《な》れ馴れしい男に迷惑そうな顔をしてみせたが、本当はちょっと嬉しかった。ドアをくぐって店員や客たちの視線を浴びた時、千帆は夢想していたのだ。もしどこかの席に偶然知り合いがいて、一人じゃなくなれたら、「よお」と声をかけてもらえたら、どんなにいいだろうと。たとえそれが親しくもない会社の同僚でも、前の男でも。

「さっきの映画どうでした。ハッピーエンドじゃなかったのは意外だったけど、あれはあれでありですかね。ハリウッド映画じゃ、ああはいかないですよね」

細身なのに蒸気機関車みたいに食べっぷりのいい男だった。箸の使い方がきれいだった。ときどき箸を止めるのは、話に夢中だからではなくて、千帆を置き去りにしないようにペースを合わせてくれていることが、さりげなく走らせてくる視線でわかった。

相槌《あいづち》だけ打っていた千帆は、ようやくこちらから声をかける気になった。

「ああいう映画、観るんですね」ふと思った。この人、ゲイかもって。爪がきれいすぎる。「男の人でも」

男は、言葉の中に千帆がしこんだ針に気づきもしないで、もくもくと頬を膨らませて首をかしげた。

「ああいうの？　ああ、恋愛映画ってことですか。好きです」

お見合いパーティーだったら、ルックスのほうに重りを置かれるだろう顔を、くしゃりと崩した。

「恋愛映画が好きというより、いい映画が好きなんです」

針ねずみになっていた千帆を、仰向けの猫に変えてしまうような笑顔だった。
その男は、渡辺裕二《わたなべゆうじ》という名だった。

†

探すのをやめた時　見つかることもよくある話で
渡辺との待ち合わせ場所に急ぐ千帆は、いつしか頭の中で井上陽水の歌を口ずさんでいた。念入りに化粧をしたのは久しぶりだ。着ていく服にさんざん悩んだのも。結婚しない女と恋愛しない女は違う。むしろ逆だ。結婚しないから恋ができる。ここも重要。テストに出ます。
あの晩、渡辺とは、コーヒーショップで映画の話の続きをした。楽しい話し相手だった。めんどくさい蘊蓄《うんちく》を語ったり、評論家面《づら》で批評したりしない男だった。好きな映画の話を、見つけた宝物のように話す。結末に関わる話の前には、几帳面《きちょうめん》に断りを入れてくるのも好ましかった。前の男がなんでもかんでも自慢げにネタバラシするヤツだったから。自分の過去の女のことまで。
たまには誰かと映画に行きたいな。メールアドレスを交換しませんか。干し草を食《は》むラクダみたいな笑顔でそう言われたら、会ったばかりの男には慎重なタイプの千帆も、ためらうことはなかった。

ゆっくり歩いて時間調整したのに、十分前に着いてしまった。渋谷から二つ先の駅にあるオープンテラスの喫茶店だ。十二月上旬の土曜の午後。日差しの暖かな日だったから、テラス席はあらかた埋まっている。隅の席でカフェ・ラテを注文した。隣は二人の小さな子どもを連れた夫婦。父親は三人目の子どものようにトイ・プードルを抱いている。温かそうなカシミアコートを着た母親は千帆より若そうだ。

約束の時間になっても、渡辺は現れなかった。

いきなり女を待たせる男ってどうなんだろう。性格がルーズ？　俺さま体質？　まだ一度会っただけの男に、もう千帆は採点表をつくり、書きこみをはじめている。

十分が過ぎた。メールもないし、昨日番号を教えた携帯も鳴らない。

いくら日差しが暖かくても、冬。カフェ・ラテはたちまち冷たくなった。時間を間違えたかと千帆は考える。あるいは場所を。送られてきたメールを確かめた。間違ってない。たった一度だけ会った男に浮かれていた自分が馬鹿に思えてきた。しょせんきっかけは牛丼。あと五分経っても現れなかったら帰ろう、そう決めたとたん、バッグの中で携帯が鳴った。

「すいません。今日も仕事で、まだ終わらなくて」

千帆は気持ちを抑えて答える。苛立《いらだ》ちではなく安堵を隠して。

「いまどこですか」

「近くにいます。そちらはカフェテラスですか。それなら、右のほうを見て」

カフェテラスの前は四車線の大通り。右手は煉瓦《れんが》造りの古い建物だ。後方に聳《そび》えるビルに大学病院の名がかかげられている。

病院の門の前で白衣姿の男が手を振っていた。ぴょんぴょん飛び跳ねて、馬鹿みたいに両手を振り回している。

千帆はまばたきをして、乾いたコンタクトを湿らせてから、目を凝らした。

渡辺だった。

信号の前で立ち止まると、慌《あわ》てた様子で白衣を脱いだ。信号が青になると走り出し、直角に曲がって鋪道を駆け抜け、足をもつれさせながら千帆の目の前で停止した。犬みたいに息を切らせる姿に、隣のトイ・プードルが吠えかかった。

「ごめん、な、さい」

白衣を隠すように後ろ手に持ち、腰を直角に折って頭を下げてくる。その胸で聴診器が揺れていた。

「仕事が、長引いてしまって、もう終わりますから、本当に、ごめんなさい」

渡辺は首からぶらさげたままの聴診器に気づいて、あわててむしり取った。

え？ 仕事って、つまり、そういうこと？

自分の職業を「時間が不規則な仕事」としか口にしたがらなかったから、マスコミ関係からコンビニで働くフリーターまで、いろんなケースを想定していたけれど、お医者さんは想定外。

こういうの困る。お見合いパーティーの時、一番人気だったのは、広告代理店勤務のイケメンでも、老舗《しにせ》の料亭の若旦那でもなく、見かけは冴えない開業医だった。あの時のブランド品のバーゲンワゴンに襲いかかっているような人たちと、同じ女になりたくない。

隣のカシミア若奥さんが千帆と渡辺に目を見張っていた。困る困る、と思いつつ、「あと十分だけ待ってください」ともう一度頭を下げた渡辺に、千帆は両手でカップを握りしめたまま大きく頷いていた。

†

前の男は同い年の会社の同僚だった。五年間つきあった。相性がいいとは言えないことは、つきあって半年も経たないうちにわかっていたのに、四年半をずるずると過ごしたのは、退屈な映画や本を途中で放り出すのは気が引けるのと、似たような気持ちからだった。

この先に意外な展開や、素敵なシーンが待っているのではないか。席を立ったり本を閉じたりしたら、大切なクライマックスを取り逃してしまうんじゃないか、そう思って。でも、どこまで行ってもストーリーは進展しなかった。二車線道路を別々の車で並んで走っているだけの感じ。

向こうから先に、結婚を匂わす言葉を口にしはじめた時に気づいた。この男と一生を過ごす自分が想像できないことに。それは打算的なものでも理性的なものでもなく、生理的なものだった。自分より素直な体の中の自分が叫んでいたのだ。この男は違うぞ。

現実の世界が、映画と同じふうにいかないことはわかっている。よぶんなエピソードばっかりだし、人には見せられない舞台裏もあるし、絶妙なタイミングのエンドマークもない。教会からウエディングドレス姿の恋人を奪って逃げる古い映画のラストシーンを観た時に、千帆は画面に向かって呟いたものだ。あんたら、これからどうす

る ん。

裕二とは、先のことなんて考えないようにしよう、そう決めていた。職業が医師で、三つ年下だとわかったからなおさら。人生がしかける巧妙な罠には、細心の注意を払うに越したことはない。

三度目に会ったのは、クリスマス・イブを翌日に控えた金曜日だ。おすすめのとこ、と裕二が連れて行ってくれたのは、アフリカ料理の店だった。

木彫りの人形や雑貨が並ぶ店内は、レストランというより骨董品《こっとうひん》屋みたいだ。ラベルに象が描かれたビールを頼み、写真入りのメニューブックから何品か料理を選ぶ。

裕二は壁にかかったお面のひとつみたいに、牧歌的な店の空気にすんなり溶けこんでいた。

「ここ、よく来るの？」

「そうでもない。ただ、アフリカが好きなんだ。君も気に入ってくれると思って」

この店のことなのか、アフリカのことなのか、よくわからなかったけれど、アフリカ風の春巻きも、かなり辛い豆のコロッケも気に入った。

今日も話題は、いましがた観てきた映画のことだった。もしかして、千帆を一緒に映画を観るだけのガールフレンドとしか考えていないのだろうか。まだ三回しか会っていない相手にふさわしいささやかなものとはいえ、クリスマスプレゼントを用意してきた千帆は、渡していいものかどうか不安になった。

「今日、よかったの？　私なんかと一緒で」

年上の女の口調で言ってみた。アフリカ料理店の中にもツリーが置かれ、綿の雪が積もっている。カバの置物がサンタの帽子をかぶっていた。

「そっちこそ、約束があったんじゃないの」裕二はそう言い、布製のバッグの中を手探りした。赤いリボンをつけた包みを取り出して千帆の前に置く。「開けてみて」

ミトンだった。

「最初に会った時、手が寒そうだったから」

見かけほど女に慣れている人じゃないのかもしれない。三十半ばを過ぎた女には、可愛らしすぎるデザインだった。だけど嬉しかった。

その場でミトンを嵌《は》めて、片手を飛べない鳥の翼みたいに裕二へ突き出した。

「ひとつ注意してもいい」

「なんでしょう。ペンギンのお姉さん」

「映画館に入ったら、携帯の電源は切りましょう」

予告が始まったとたん、裕二の携帯が鳴り出したのだ。戻ってきた時には、映画が始まっていた。

「ごめん。僕らはどこにいても電源を切っちゃいけない決まりなんだ。他のお客さんが知ったら怒るだろうけど。映画に誘う人間がいなかったのは、それを嫌がられるのも理由のひとつかな」

そうだったのか。裕二の携帯に電話をしても、繋《つな》がらないことが多いのは、職場が病院だからだ、とまでは想像がついたけれど。

「病院のお仕事って、やっぱり大変なの」

いつもと違う話がしたかった。裕二は仕事について多くを語りたがらないのだ。

「大学の中で出世するか、開業医に鞍替《くらが》えしようか、みんな、そんなことが大変みたいだね」他人事《ひとごと》のように言って笑う。裕二の笑顔には、いつもの温かみが少ない気がした。「勤務医は世間が思っているほど、給料がいいわけじゃないからね。教授たちは患者から金をむしり取ることばかり考えてる。謝礼をしとかないと、扱いが悪くなるんじゃないかって考える人は、まだまだ多いから」

話はそれでおしまいになった。それ以上は聞かないことにした。職業がめあてで近づく女だと思われたくなくて。

メインディッシュに、千帆はケニア風のビーフシチューをオーダーした。裕二は魚のグリル。そういえば前回入ったイタリアンの店でも、裕二は魚料理を頼んでいた。珍しい男。いままでつきあった何人かの男は例外なく肉が好きだった。

「魚が好き？」

「うん、肉はあんまり食べないな」

「じゃあ、あの日、牛丼屋さんで会ったのって、すごい偶然だったんだね」

皮肉に聞こえないようにさらりと言ったつもりだったけれど、千帆が本当に聞きたかったことを、より正確なせりふにすれば、こうだ。本当に偶然だったの？

裕二は子どもみたいにトマトをフォークに突き刺したまま、悪戯《いたずら》が母親にバレたかどうか探る目で千帆の顔を覗きこんできた。「バレてるよ」と言葉にするかわりに、じっと見つめ返すと、顔をくしゃりと崩した。

「じつは偶然でもない。腹が減ってたのは事実。誰かと映画の話をしたかったのも。映画館で君を見かけて、ちょっと気になって、その君が前を歩いていて、店に入って行くのが見えたから、あ、これは行くしかない、そう思っちゃったんだ。俺、気が弱いくせに、ときどきやけくそ気味に大胆になるんだ。内心ドキドキもんだった。ほんとは牛丼は苦手」

「たいした演技力」

「嘘をつくのが仕事のうちだからね」

「え？」

「だいじょうぶですよ。助かりますよ。僕は救急医療関係の人間だから、もうだめだろうと思ってる患者さんや家族にも、そう言わなくちゃならない」

返す言葉が見つからなくて、テーブルのかたわらに飾られた木彫り人形に目を走らせた。女性像であることが荒々しく彫られた乳房でかろうじてわかるシンプルな人形だ。抱いているのは赤ん坊だろう。千帆の視線を追って裕二が呟いた。

「それ、身代わり人形だと思う」

「身代わり人形？」

「うん、子どもと産婦への災厄を引き受けて欲しいっていう願いがこめられているんだ。アフリカは乳幼児の死亡率が高いからね。国によっては、10人のうち1人が1歳未満で死んでしまう。5歳未満だと7、8人に1人。妊産婦の死亡率も100人に1人ぐらい」

新郎新婦には野球チームができるほどの子宝を、なんてスピーチしてた親戚のおっちゃんに聞かせてやりたい言葉だ。

「病院が過剰に出している薬を、ほんの少しでも回せればと思うよ。食べ物もね」

裕二は大量の食べ残しが片づけられている奥のテーブルに目を走らせて、ため息をつく。千帆はカロリーが高そうなビーフシチューを少し残そうかと止めていた手を再び動かした。

「助けが必要なんだよ。勝手に人口を増やして、食糧危機に陥ってるところの赤ん坊を助けてどうする、なんて言う人もいるけれど。正しい医学的知識があれば、逆に人口増加も抑制できる。みんなわかってないんだ。同じ船に乗ってるってこと。船が沈没しかけていること。船尾が沈むのを船首から高見の見物していて、足もとに水が迫っていることに気づいてない。第一、子どもには罪はないだろう。生まれてくる場所は選べないんだし」

裕二が饒舌《じょうぜつ》だったのは、最初に会った夜だけで、このあいだも今日も、どちらかというと聞き役だった。その裕二が遠い国の痛みを、自分のことのように語り続ける。

千帆は、自分のことにせいいっぱいで、自分のことしか考えていない、自分を思った。毎日の仕事にはもう何も期待していなくて、給料の計算ばかりしている。残業を命じられると、小顔エステ10分ぶん、マンションのローン1日ぶん、なんて心の中で唱えて、奪われる時間をお金に換算している。

裕二が熱く語る話は半分しか耳に入っていなかった。熱く語る裕二に見とれていたからだ。

千帆は思った。あ、この男だ、と。

†

裕二の背中の傷痕に気づいたのは、年が明けてまだ間もない一月の中旬だった。初めて行ったホテルのベッドの天井が鏡になっていたからだ。

知り合って二カ月足らずで男と寝るのは、千帆の最短記録だ。裕二から求められていることは、前回の別れぎわのキスと、腰に回された指先で感じていたし、こちらから誘ったわけじゃないけれど、今夜は服が意志表示をしていたと思う。ちょっとだけ胸を開けた丈の短いワンピース。下着もシルクをつけていった。

正月に帰った実家は、もう完全に千帆の家ではなくなっていた。知らない匂いに満ちていた。同居を再開した百代が使う天然由来洗剤と、粉ミルクと、おむつの中の排泄物と、死んだ父親の名をひと文字とった赤ん坊の甘ったるい肌の匂いだ。

誰かにすがりつきたかった。自分の居場所が欲しかった。自分の匂いが欲しかった。

最初はにきび痕だと思った。初めての男が、背中までにきびのある男だったから、それと同じだと思って。薄暗がりの中だと黒く見えるそれは、星座みたいに規則的にも不規則にも思える距離を置いて、点々と散っていた。

腕を回した時に触ってみた。裕二のほかの部分の肌とは違う、合皮みたいなつるりとした感触だった。

調光ダイアルに腕を伸ばした裕二は、明かりが灯《とも》ると同時に上半身をこちらに向き直らせて背中を隠した。一瞬の隙もない、慣れた動作に見えた。アフターのキスに応じる千帆の唇の硬さに気づいたのか、こわばった笑いを含んだ声で言った。

「背中の北斗七星のこと、気になる？」

首を横に振ったけれど、顔には気になる、と書いてあったと思う。

「子どもの頃、宇宙人にさらわれたことがあってね。その時につけられた。月面の裏側の秘密基地に関する暗号らしい」

面白くないジョーク。どう見ても火傷《やけど》の痕だった。二番目の男が自慢していた前腕の根性焼きにそっくりだ。当たって欲しくない予想だけれど、たぶん煙草をおしつけられた痕。

裕二が煙草のけむりを吹き出すような息を吐いた。

「母親につけられた」

「どういうこと」

聞き返した瞬間に気づいた。答えがひとつしかないことに。

「そういうこと。俺が裕福で幸せな家庭に育っていると思ってた？」

思っていた。医者になる人はたいていそうだ。彼の目には、田舎育ちで中学生から母子家庭だった自分が貧乏臭く見えるんじゃないかって気にしていた。千帆の目を覗きこんできた裕二は、少し迷ってから、こちらにくるりと背中を向けた。

「しね、って書きたかったんじゃないかな。『し』だけは読めるだろ。『ね』の途中でやめたんだ。根気のないヤツだったから。こんなことにまで」

意地を張ったように千帆に向け続けている背中に尋ねた。

「お兄さん、いるんだよね」

裕二という名前を聞いた時、自分の頭に最初に何が浮かんだか、千帆は思い出していた。「あ、次男だ」だ。その時に気づいていた。結婚しない女になる、というのは自分で自分についている嘘だって。

「ああ、ずっと会ってない。まだ北海道にいるのかな。向こうは父親が引き取ったからね」

お母さんは、とは聞けなかった。

「女って、男ができると、変わっちゃうんだよね」

千帆は裕二の肩に甘噛《あまが》みをした。強く歯を立てないようにいままで以上に気をつけて。女を代表して謝罪するように。私は違う、自信はないけどそう伝えようと。二度目の裕二は、最初よりずっと荒々しかった。

再び灯された明かりが眩しくて、組んだ両手で顔を覆っていると、千帆の隣じゃないどこかから、裕二の声が降ってきた。

「アフリカに行こうと思う」

「え？　なに？」

「アフリカに病院をつくるプロジェクトに参加するんだ」

いきなり言われても。なんて答えればいいの。男ってセックスのすぐ後に、どうしてあんなに冷静に話ができるんだろう。すぐ後だからだろうか。

見つからなかった探しものだと思っていた男は、壊れやすいガラス細工で、しかも千帆の手の届かない場所への配送品だった。

†

東京に雪が降った二月の終わり、千帆は裕二と横浜にいた。裕二とは横浜で会うことが多い。千帆の家が東京のはずれで便利ということもあるのだけれど、おもに裕二の都合だ。「職場の近くは嫌なんだ。呼び出しがあったら真っ先に指名されちまう」

高台から港が見渡せる公園だ。昼間はどうってことない場所なのだけれど、もうすぐ始まる夜景は、夢みたいにきれいなのだ。

前を歩いていた裕二が突然振り向いて、顔の横に片手をさしあげた。

「ムリブワンジ」

「なに？」

「アフリカに行った時の挨拶」

一週間越しの答えだった。先週会った時、千帆が「アフリカに行ったら、向こうの人にはなんて挨拶すればいいのかな」と聞いたのだ。私も行ってみたい、という遠回しな意思表明だったのだけれど、その時の裕二は、笑うだけで答えてくれなかった。千帆の本当は揺れている心を見透かしたのかもしれない。

「もちろん国によっても違うし、同じ国でも地域によって変わるけど、僕らが行こうとしているところは、ムリブワンジ。英語が公用語だけど、使えない人が多いからね」

僕ら。それが裕二と仲間たちのことだとわかっているのに、千帆の胸は高鳴った。何もかも捨てて一緒に行きたい気持ちは本当だ。でも、人の心にはひとつだけじゃなく、いくつも本当がある。映画なら、裕二と旅立つシーンでエンドマークが入るのだろうけど、ラストシーンなんてないまま続く現実が怖いのも本当だった。

夕暮れが夜の闇に変わる頃、横浜にも雪が降りはじめた。千帆はミトンを嵌《は》めた両手を広げて、空に向けて大きく口を開けた。若い子じゃないと似合わない仕草だとわかっていたけれど、別に計算ではなく、そんな自分を裕二に見て欲しくて。

「雪が珍しい？」

裕二は可笑《おか》しそうに笑ってくれた。

「うん。広島の海の方はめったに降らないし。そうか、北海道じゃ珍しくないものね」

「ああ、雪は眺めるものじゃない。いつもそこにあるもの」

夜の雪は、古いモノクロ映画が始まる前の黒いスクリーンに降るフィルムの傷跡みたいだった。

「帯広ってどんな所？」

何も映っていないスクリーンの向こうから、裕二の声がした。

「帯広の話はやめよう」

ニット帽を目深《まぶか》にかぶり直して振り向いて、無邪気に聞こえる声で言ってみた。

「北海道に行ってみたいな。一度も行ったことがないんだ」

アフリカよりなにより、まず北海道へ行ってみたかった。生まれた街が嫌なら、違う場所でもいい。同じ空気を吸って、裕二が見ていた風景を見れば、一緒にアフリカへも行けそうな気がした。

「旅行するだけなら……」

裕二が顔を近づけてきた。いままでに見たこともない表情になっていた。

「や、め、ろ」

肩に手をかけられた。千帆の体を引き寄せる時とはまるで違う、突き放すような力のこめ方だった。

「痛いよ」

「ごめん」

千帆からも雪からも顔をそむけた裕二が、華やかな夜景の光の影だけを映している暗い海を見つめて呟いた。

「俺、たぶん、千帆が考えてるような人間じゃないよ。アフリカに行きたいのは、本当は自分のためだと思う。変えたいんだ、何もかも」

何も変える必要はないよ、裕二は裕二でいいんだよ。言葉でそう言うかわりに、ミトンを脱いで、手すりを握り締めた裕二のかたくなな拳を両手で包んだ。

「ありがとう。こんな俺と一緒にいてくれて」

言葉とは裏腹に、裕二の手は冷たかった。

†

「アフリカに行くことになった」

千帆のほうから誘った魚のおいしい和食の店で、唐突に裕二が切り出した。

いつから？　いつまで？　聞きたいことはたくさんあったが、言葉が出てこなかった。「いつ帰れるかわからない」あるいは「日本にはもう戻らない」そんな返事が怖くて。裕二との四カ月間が千帆にとって何を意味していたのか、結果報告を聞くつもりで言葉の続きを待った。

「とりあえず一カ月ぐらい」

大きな音を聞かれないように、おちょこを口に運んで安堵の息を吐き出した。

「仮設だけど、診療所を立ち上げるメドが立ってね。準備を手伝いに行く」

一緒に行かないか。裕二がそう切り出してくれるのを待った。自分がどう答えるのかはわからないまま、とにかく待った。その時にとっさに出た言葉が、自分にも深さが測れない心の底に沈んだ真実だと思ったのだ。でも、裕二の口から飛び出してきたのは、熱に浮かされたような饒舌だけだった。

「向こうで調達できないものは、日本で用意するんだ。調達できないものばっかりなんだけどね。AED、超音波診断器、中古の4WDが手に入らないかって言われてる。道路がそうとう凄いらしい。雨季になると道が川になっちゃうんだって」

「だいじょうぶなの」

「うん、忙しいのには慣れてる。これからは毎週会うのは難しくなるかもしれないけど」

「そうじゃなくて」

最近、裕二が選ぶ店もホテルも安い所ばかりだ。割り勘にすることが多いのだが、裕二の手持ちが足りないことも一度ならずあった。そのことに文句はないけれど、ちゃんとした食事をとっているようにも見えなかったから、心配になって問いただしたら、給料を支援物資に使ってしまっている、渋々そう認めた。先週のことだ。

「お金のこと」

「なんとかなる、と思うよ。別に自腹ばっかり切ってるわけじゃない。あちこちからカンパを募ってるし」

だいじょうぶだろうか。裕二は現実から目を背けたくて、悲しい過去とも楽観できない未来とも無縁の、映画の中にしかない世界を生きようとしているふうに見えた。

「私にも協力させてくれない」

何かしないと、裕二がこのままどこかへ行ってしまう気がした。ずるいかもしれないけれど、どんな手段を使っても、自分と裕二とのいつ切れるともしれない細い糸を、繋《つな》ぎ止めたかった。永住型マンションの購入資金なんか、いまの千帆にはアフリカ料理店の残飯のようなものだった。

「だめだよそれは。だから、この話はしたくなかったんだ。もうやめよう。約束するよ。僕はすぐに帰ってくる」

帰ってこないかもしれない。いつになくぎこちない裕二の口調が、本心じゃないことを言葉より確かに語っている。

「あとどのくらい必要なの」

「君には関係ない」

その言葉は、千帆を深く傷つけた。目の前でいきなりドアを閉められた気分だった。

ドアをこじ開ける勢いで言った。

「もう関係なくないよ。いくら？」

ふて腐《くさ》れ顔で金目鯛の煮つけをつついていた裕二が、怒ったように言葉を吐き出す。

「五十万」

「正直に言ってる？」

「いや、ほんとは、百万」

†

携帯に電話をしても裕二が出ないのはいつものことだけれど、それにしても返事が遅かった。木曜日にかけた電話のコールバックも、その後に送ったメールへの返信もない。

忙しいのなら断りの連絡をしてくれれば、それでいいのに。週末に会えればと思って、千帆は約束も用事もつくらず連絡を待っていた。まさかもうアフリカへ行ってしまった？　自宅に押しかけてやりたかったが、知っているのは最寄り駅だけだ。

土曜の夕方まで待っても同じだった。諦めて一人で過ごすことにした。一人の週末には慣れていたつもりだったのに、この四カ月でやり過ごし方をすっかり忘れてしまっていた。マキヨに連絡をしてみようかとも思ったが、お互いに不可侵条約を締結中のいまは、やめたほうがよさそうだった。久しぶりにレンタルビデオ店で、ＤＶＤを借りることにした。

たまには派手な流行《はや》りの映画でも、と考えて店へ入ったのに、いつものように、旧作の棚の片隅の、長らく誰にも手に取られていないような映画を選んでしまった。こういうの、なんだか放っておけなくて。

いつ呼び出されてもいいように整えていた化粧を落とし、ジャージに着替える。つくり置きの肉じゃがをもくもくと食べながら、リモコンを手に取ってＤＶＤをスタートさせた。

舞台はニューヨーク。主人公は情報通信の会社に勤めるキャリアウーマンだ。本人は自立した女として世の中と渡り合っているつもりだが、じつは人生の重さと自分の弱さに怯えている、痛々しい女。よくある話だ。

主人公がカフェで一人、パソコンを開きながら夕食をとっていると、目の前に男が現れた。

「隣、いいですか」

迷惑顔の女に男が問いかける。

「君、さっきダリル・ロスで夜公演《イブニング》を観ていたよね」

ぐずぐずに煮崩れたじゃがいもを頰張りながら思った。なんだか私たちに似ている。妙な出会いだと思っていたけれど、意外にありがちな展開なのかも。

女が再び会う約束をし、指定された場所へ行くと、男から携帯電話がかかってくる。

「すぐ近くにいるんだ」

女が顔を上げる。通りの向こうで男が手を振っていた。白衣を着て。女の目は情けないほど輝いている。

似ているどころじゃない。そっくり同じ。どういうこと？

男がじつはＣＩＡの諜報部員で、女が自分でも知らないうちに国家機密にかかわるデータを握っていたという展開が読めたところで、ＤＶＤを止めた。それ以上、見続ける勇気がなくて。あまりに陳腐なストーリーだったから。

†

裕二がシャワーを浴びに行った。浴室のドアの曇りガラスの向こうに、肌色の影が立つのを見届けてから、千帆はシーツも巻かずにベッドを抜け出した。

裕二と連絡が取れたのは、日曜の午後になってからだった。宿直で二日間泊まりこんでいた、と謝り続ける裕二に、今夜会えないかとねだった。迷っている様子だったが、「忙しいなら、直接ホテルに行こうよ」と甘い声で囁いたら、すぐにオーケーしてきた。

ティーテーブルに置かれた裕二の布バッグの中を探ったが、目当てのものはなかった。どこだろう。

千帆はホテルまで歩く道すがら、さりげないお喋りを装って昨日観た映画のタイトルを口にしてみた。「観たことある？」

「ああ、聞いたことがあるようなないような。俺、題名をすぐ忘れちゃうから」

裕二の表情を探ったけれど、もともと惚《とぼ》けた顔をした男だから、うまく読めなかった。

そうか、男はあれをバッグの中には入れないのか。丸裸で今度はワードローブに吊るされたジャケットを手に取った。

心臓が肋骨を叩きそうなほど躍っている。自分がいましでかしていること以上に、これから判明するだろう事実に。明らかになるのは、渡辺裕二、と名乗る男の正体だ。裕二について知っていることは全部、裕二の口から聞いたことだけだ。すべてが幻だったと言われても、千帆には否定する術《すべ》はなかった。おそらく事実だと思えるのは、動かしがたい刻印のように背中に残っている火傷《やけど》の痕だけ。

千帆には、この四カ月のすべてが夢に思えていた。夢じゃないとしたら、映画の中だ。目が覚めたら、あのミニシアターの座席に自分がいるのだ。人生は劇場。どこかで聞いたそんな言葉が、いまは正しいものに聞こえる。

耳を澄ましてシャワーの音が続いていることを確かめながら、ジャケットのポケットを探る。あった。裕二の財布。札が何枚も入っていない合成革の財布のカード入れから、免許証を抜き出した。車を持っていないから、ここにしまっているはずだと睨《にら》んでいたのだ。

ベッドサイドの明かりに免許証をかざした。

写真は確かにいまより少し若い裕二。問題は氏名欄だ。

千帆は免許証の一番上の小さな文字を読む。

渡辺裕二、だった。

住所に記されているのも、教えられていた街の番地だ。

財布には新聞の切り抜きが挿しこんであった。さっき会うなり、裕二が興奮した様子で語っていた『アフリカの避妊知識の変化』についての記事だった。

私、最低だ。こんなことをして、バスルームから出てきた裕二に、どんな顔を向ければいいのだろう。

免許証をカード入れに戻そうとした時に気づいた。一番手前に差しこまれた診察券に。病院の名前が半分だけ読めた。

抜き出してみたら、やっぱり。それは裕二が勤めているはずの大学病院のものだった。心療内科。医師が自分の病院の診察券など、持つものだろうか。

†

「渡辺ですか？　どういったご用件でしょう」

大学病院のカウンターの向こうで、医療事務の女性が訝《いぶか》しげな声を返してくる。私は受付嬢じゃないのよ、という感じで。

「急ぎの用事なんです」

自分はいったいどんな顔をしていたんだろう。千帆が身を乗り出すと、後ずさるようにのけぞって、胸の前で両手を広げた。

「ちょっとお待ちを」

事務室の奥へ引っこみ内線電話を手に取っていた。戻ってくるまではたった一、二分だっただろうけれど、千帆には酷《ひど》く長い時間に思えた。

「渡辺は、お約束していないと申しておりますが」

居留守？　私が来たことが迷惑なの？　そうか、ありふれた苗字だ。同姓の別人かもしれない。

「あのぉ、外科と言っても、緊急救命室のほうの渡辺先生です。渡辺裕二」

女性が眉間にしわを刻んだ。

「緊急救命室に、渡辺という者はおりませんが」

またもや存在が不確かになった裕二とようやく連絡が取れたのは、十日ほど経ってからだ。呼び出したのは、何度も二人で行ったアフリカ料理の店。おびき寄せたと言ったほうがいいか。

「今日は壮行会だから。私が奢《おご》る。なんでも頼んで」

テーブル一杯に料理を並べ、笑顔でグラスにタスカービールを注いでやった。逃げ出せないように、裕二を出口から遠い奥の席に座らせて。

ヤムイモのお餅〝フーフー〟を辛いスープにひたしながら、裕二の顔にひたりと視線を据えた。魚の燻製《くんせい》のスープに猫みたいに目を細めている。目が合った瞬間を狙いすまして、言った。

「ねぇ、あなたは本当は誰？」

裕二が喉に干し魚を詰まらせる。

「どう、いう、意味」

「このあいだ、病院に行ったの。あなたに会いに」

「ああ」

裕二の目が原色のタペストリーが飾られた壁に泳ぐ。でもそれはほんの一瞬だった。

「僕の名前、なかったでしょ」

やけにさばさばした口調だ。居直り？　新しい嘘を考えてる？　アフリカに行くからもう病院は辞めた、なんてせりふは通用しないからね。過去にも在籍していないことはちゃんと確かめてある。

「ごめん。嘘をつくつもりはなかったんだ」

いきなりテーブルに両手をついて、頭を下げた。スープに前髪がひたってしまうほど深々と。

「言いわけは聞きたくない」

「聞いてくれ」

「嫌、だ」

「ほんとは俺、救急救命士なんだ」

「は？」

「あの病院の近くの消防署勤務。ほら、ちゃんと消防手帳も持ってる」

ジャケットの胸ポケットから取り出したのは、黒革の表紙に金色のマークと文字が入った手帳だった。警察手帳のようなものらしいけれど、こんなの見るのも初めてだから、本物かどうかなんてわかるわけない。

「初めて待ち合わせをした時に着ていたの、あれ救急救命士の制服なんだ。聴診器も俺たちの標準装備」

「だからなに」

「だから、本当にごめん。うちの署の制服は白いから紛らわしいことはわかってた。君に少しでも好かれたくて、正直、誤解してくれればラッキーだな、ぐらいには思ってた。医者のやつらは無駄にもてるから。だけど、あんなに目をきらきらさせてくれるとは想像もしてなくて、引っこみがつかなくなって」

「目をきらきら？　私が、してた？」

「うん、してた、と思う」

腹は立つが、違うと言いきれる自信はなかった。

「でも、病院のことをぺらぺら喋ってたでしょう」

「あそこにはしょっちゅう出入りしてるからね。内情はよく知ってる。全部ほんとのことだよ。第一、俺、自分から医者だって、いままでひとことも言ってない」

「言ってた」

「言ってない」

「まぁ、いいや。で、私が渡したお金、何に使ったの？」

「車を買わせてもらった」

ぬけぬけと。百万ぽっちじゃ中古のツーシータも買えないだろうけれど。

「8年落ちの4WDの軽トラック。輸送費込みで六十万」

「もういいよ。嘘はやめて」

聞きたくない。また騙されてしまいそうだ。両手を胸の前で組み合わせて、きらきら目で信じようとしているもう一人の自分を、千帆は心の奥へ懸命に押し戻した。

「アフリカに診療所をつくるって話は、ほんとだよ。アフリカに必要なのは、医者だけじゃない。救急救命士の技術も求められてるんだ」

この五カ月で、この男のことはだいぶ理解しつつあった。早口でまくし立てる言葉は、本当。ぎこちなくつっかえながら喋る時は、嘘。いまはどっちだろう。

「なんとか必要な品物は送れそうだ。今日はお金を返そうと思って」

バッグをひっくり返す勢いで中を漁ってから、封筒を差し出してきた。

「残りも必ず返す。医者のふりをしたのは、なんていうか、俺、ときどきやけくそ気味に大胆になるから。どうしても君と。君のこと、最初に会った時から」

もう聞きたくないと言うかわりに、背を向けて新しいビールを注文した。「すいませーん」最近は一人で入った牛丼屋でも周囲にかまわず大きな声を出しているから、店員はすぐに応じてくれた。「オーケー、マイドドモ」

「信じてくれ」

「信じさせてよ」

「どうすればいい」

「アフリカに行きましょ」

裕二が目を見開いた。

「どういうこと……」

「私も行く」

確かめもしなかったけれど、差し出してきた封筒の厚みは、どう見ても貸したお金の半分も入っていなさそうだった。少しだけ返済して安心させて、さらにお金を引き出そうっていう魂胆かもしれない。だとしても、かまわない。

最初はアフリカというより裕二をもっと理解したくて、千帆はアフリカの医療問題や食糧危機についてあれこれ調べてみた。自分なりに考えてみた。そのうちに、確かに誰かが行くべきだと思うようになった。そして、その誰かというのは他でもない、パートナーも子どもも持ち家もない、フットワークが軽くて働き盛りの自分だ。

給料とひきかえに会社へ時間を差し出す仕事には、もう飽き飽きしている。英語が公用語みたいなものだった外資系に十五年以上勤めたのは、だてじゃない。英語に関わる仕事なら足手まといにはならないはず。決めるということと、できるということは別物だけれど、今度こそ両者を一致させようと思う。

「かまわないでしょ」

「もちろんだとも」

惚《とぼ》けた顔は本心から喜んでいるんだか、訴える、なんて千帆が言い出すのに怯えて、内心は焦っているのか。ほんとにつかみどころのない男。この表情をべりっと剝《は》がしたら、何が出てくるんだろう。

たとえこの男がインチキだったとしても、一緒に引きずってでも行ってやる。自分でも馬鹿みたいだと思うけど、いままであまたの女たちが犯したのと同じ過《あやま》ちかもしれないけれど、別れはしない。千帆はこの男が放っておけない。まだ離れたくない。

だいじょうぶ。本名も確かめたし、こっちのほうが人生経験は豊富だし。アドバンテージは私にある。

裕二が初めて会った時と同じ、すべてを曖昧《あいまい》にとろかせる笑顔を浮かべた。

「謝らせてくれ。君の好きな店の好きな酒の前で」

それが古い映画の中のせりふであることには、すぐに気づいたが、千帆は三歳年上の鷹揚《おうよう》さを見せつけて笑い返した。

エンドロールは最後まで見なければ。たとえハッピーエンドでなくっても。それが劇場に足を踏み入れた人間の義務だから。

【END】

「ムリブワンジ！」

（引用）
『夢の中へ』作詞／作曲　井上陽水

七月の真っ青な空に

白石一文

白石一文（しらいし・かずふみ）
一九五八年福岡県生れ。二〇〇〇年『一瞬の光』でデビュー。〇九年『この胸に深々と突き刺さる矢を抜け』で山本周五郎賞を、翌一〇年には『ほかならぬ人へ』で直木賞を受賞。著書に『不自由な心』『すぐそばの彼方』『僕のなかの壊れていない部分』『私という運命について』『どれくらいの愛情』『この世の全部を敵に回して』『砂の上のあなた』『翼』『幻影の星』など。

1

木場公園の「イベント池口」で二時に待ち合わせたのに、加藤は十五分過ぎても姿を見せない。電話も掛かってこなかった。二時を回ったところでこちらからも電話した。都合三回掛けたが、呼び出し音は鳴っても留守録につながるでもなく何の応答もなかった。

立っているだけでくらくらしてくるような暑さだ。もうこれ以上待ちぼうけを食わされてはたまらない。

まったくふざけないでよ。

そう一言毒づいて蓮《れん》は、その場を離れた。

昨日、平年より十二日も早く東京の梅雨が明けた。と思ったら凄《すさ》まじい猛暑だ。都心でも三十三度の真夏日だったと昨夜のニュースで言っていたが、体感温度は三十五度を軽く超えていただろう。土曜日とあって母と一緒に日本橋まで買い物に出たのだが、まさしく炎天下にほうほうの体で家に舞い戻った。病み上がりの母にはとてもじゃないが堪えられる暑さではなかった。

しかし、今日のこの天気は昨日以上だ。晴れ渡った空はそれ自体がまるで発光しているかのようで、太陽のありかを探さなくとも十秒と見上げていられない。入口から覗《のぞ》いた公園内にも人影はほとんどなかった。噴水広場の方からも子供たちの歓声などこれっぽっちも聞こえてこない。

誰も彼もあまりの暑熱に恐れをなして屋内で縮こまっているのだ。

先週から決まっていた予定とはいえ、よりによってこんな日に、と蓮はふたたび腹立たしくなる。一度会っただけだが、あの加藤という青年はいかにもひ弱そうで頼りなかった。熱中症が怖くて仕事どころじゃないってことか……。

目指すマンションの場所は分かっていた。というより、木場公園の真向かいだとマップで確かめた加藤が、「だったらこの入口で二時に待ち合わせましょう」と自分から提案してきたのだ。

蓮は右手のバッグを揺らさないよう気をつけながら木場公園前の交差点を渡った。三ツ目通りと葛西橋《かさいばし》通りが交差する十字路は、どの方角を見ても、人通りはほとんどなく、車の数も普段よりずっと少ない。休日の昼間とは思えぬ閑散ぶりだ。

横断歩道を渡り切ると左に曲がった。三ツ目通りを木場駅方向へと五十メートルほど戻れば、今日の届け先である「ニューハイツ木場」があるはずだった。

ニューハイツ木場は深川警察署の一ブロック手前に建っていた。茶色いレンガタイル張りの比較的新しいマンションだ。各階ベランダは二つずつで十階くらいまである。それぞれのベランダがそこそこ広いので、独身者向けのワンルームタイプのマンションではなさそうだった。

エントランスを入ると右に管理人室があるが、今日は日曜とあって窓口は締まり、カーテンが引かれている。その脇《わき》の玄関オートロックで七〇二号室を呼び出した。

男性の独り住まいを訪ねる場合は二人一組が原則だが、加藤が来ないのだから仕方がない。いまさらこの荷物を持って家に引き返すわけにもいかなかった。そんなことをすれば、さらに情が移って二度と他人に渡したくなくなってしまう。母が病み上がりだからと自分に言い聞かせ、今日を限りにと臍《ほぞ》を固めてこの二週間、大事に預かってきたのだ。

「はい」

まるで寝起きのようなくぐもった声が響いてきた。

「こんにちは。ライフ・フェリーの者です」

このボランティアもすでに一年半近くになるので自然に営業ボイスに切り替わる。

「ああ……」

気のなさそうな返事のあと、オートロックの鍵《かぎ》が解け、玄関のガラス扉が開いた。

建物の内部は外観以上に真新しい。壁も床もぴかぴかだった。管理が行き届いているのだろうが、それにしても築二年は経《た》っていないだろう。

蓮が東陽町の実家に戻って来たのは三年前の十一月だった。木場公園にはたまに散歩に来ているし、三ツ目通りを歩くこともあったが、このマンションの建築風景はついぞ記憶にない。ここに以前何があったかもよくおぼえていなかった。

人も街の景色もいつの間にかすっかり様変わりしてしまう。

そんな当たり前のことを思いながら、蓮はエレベーターで七階まで上がった。

ドアが開いた瞬間、淀《よど》んだ空気が出口を求めて押し寄せてきた。汗と男の体臭、それに煙草《たばこ》の匂《にお》いも入り混じっている。バッグを両腕で提げていなかったら、どちらかの手で鼻を覆《おお》ってしまっただろう。

「ひとり？」

だが、顔をしかめたのは相手の方だった。

「はい」

蓮が頷くと、

「困ったな」

と男は戸惑った表情になる。

「他に誰もいないんだけど」

彼は言った。

部屋に上がってみると、想像よりはこざっぱりと片づいていた。間取りは2LDK。細い廊下の左側に洗面所、バス、トイレが並び、右に一つ部屋がある。その扉は閉まっているのでおそらく寝室なのだろう。突き当たりにリビングに通ずるドアがあり、そこを入ると十畳ほどのリビングとつづきの六畳ほどのフローリングの部屋があった。そのあいだは引き戸で仕切られているが、蓮が足を踏み入れたときは開け放たれてひと間になっていた。

この暑さだというのにエアコンは止まったままで、リビングと続きの間のベランダ側の窓が全開されている。だが、風も凪《な》ぎ、日射《ひざ》しがこれだけきついと締め切っているのとさほど変わらない。部屋はひどく蒸し暑かった。

「エアコンつけようか」

バッグを床に置いて蓮がリビングの真ん中で立ち尽くしていると男が言った。あなた東電の回し者？　というくだらない冗談が頭に浮かぶ。窓が閉まり、エアコンの動く音がした。

騒音と排気ガス臭が消え、かわりに煙草の匂いが余計に鼻についた。

リビングにはベージュの薄い絨毯《じゅうたん》が敷きつめられ、その上に丸い座卓が置かれている。窓のない方の壁際《かべぎわ》に深いグリーンのソファが一脚。その三人掛けの大きなソファはなかなか立派な品のようだ。

続きの間の方には製図台とデスクが置かれていた。デスクの上には巨大なマッキントッシュが据えられている。黒い棚がその二脚を囲むように何本も並び、おびただしい数の本が詰まっている。目を引くのは大型本の多さで、それらは一見して画集や写真集のたぐいだと分かった。全体として簡素な部屋だった。

加藤から渡されたプロフィールに「職業　イラストレーター」とあったのを思い出す。

名前は何だっけ？

蓮は昨夜眺めた一枚紙のメモを反芻《はんすう》する。名字は徳永だったが下の名前は？

「座布団《ざぶとん》とかなくて……」

デニムのハーフパンツにくたびれた白のTシャツ姿の徳永が言う。

「このまま座ってください」

丸い座卓のそばを指さした。

蓮はバッグの横に正座した。

「何か飲む？」

身長は百八十近くありそうだが、とにもかくにもガリガリに瘦《や》せた男だった。足も手もとても男性のそれとは思えぬほどに細く、そのくせ脛《すね》や腕は案外毛深かった。男の独居に女一人を招じ入れるのをためらったその態度で、蓮はとりあえずこの人物を信用しようと思ったが、たとえ襲いかかられてもあっさり撃退できるという見立ても即座につけていた。蓮は上背は百六十ちょいだが、中学から大学までずっと合気道をやってきたので、正真正銘、腕に覚えがあった。

「コーヒーか麦茶、それともオレンジジュース？」

キッチンの冷蔵庫を開けて徳永が言った。

「じゃあ、オレンジジュースをください」

ようやく部屋が涼しくなってきた。それでも何か冷たい物を身体《からだ》に流し込みたい。

徳永はジュースの缶を二つ持ってきて、一つを蓮に渡すと、一メートルほど間隔を取って隣に座った。ジュースはいまどきめずらしいバヤリースだ。彼は自分の分を開けてぐびぐび飲んだ。

「バヤリース好物なんだ」

と言う。蓮も開栓して一口飲む。

「ささきて」

一気飲みした缶を座卓に置き、徳永がバッグに視線をやる。最初は無愛想な男だと思ったが、どうやらそうでもないらしい。バッグの中身を覗き込むように首を傾《かし》げたその姿は妙に人懐《ひとなつ》っこそうだ。

「さっきから寝てるんです」

蓮は言いながら、バッグのファスナーを引く。筒型のバッグのサイドカバーが大きく開いた。「おお」と徳永が声を出す。

「この二週間で、体重が二百グラム増えました。この子、まだ大きくなるんだと思います」

夏男は目を覚まし、バッグの中からじっとこちらを眺めている。丸い大きな瞳《ひとみ》が真っ黒だ。耳はぴたっと伏せている。

蓮は手を突っ込んで夏男をバッグから出した。「おお」とまた徳永が言う。

2

蓮がライフ・フェリーというNPO法人に登録して猫の一時預かりのボランティアを始めたのは去年の二月だった。ある日の夕刊に犬や猫の殺処分に関する記事が載っていて、ふだんはそうした記事はなるだけ読まないようにしているのだが、なぜだかその晩は吸い寄せられるように読んでしまった。

年間三十万頭を超える犬と猫が動物愛護センターで殺され、殺害方法は炭酸ガスによる窒息死で、犬や猫は二十分ものあいだもがき苦しんだあげくに絶命する。しかも彼らの八割以上がまだあどけない子犬と子猫なのだ。

その日、蓮は深夜までネットで犬猫の里親探しを行なっている各団体を調べ、最も厳格なシステムで運営していると判断したライフ・フェリーに登録することに決めた。ライフ・フェリーでは愛護センターから引き取ってきた犬や猫をまずは一時預かりのボランティアに飼育してもらい、そのあいだに里親志願者との面接をする。面接は二回に分けて行なわれ、最初は志願者の条件や適格性が審査され、二度目の面接で初めて引き取りたい動物と会うことができる。希望する犬や猫はホームページ上のリストから志願者が選択し、最大三匹までお見合いが可能だ。その三匹の中からぴんと来た相手を見つける。また実際の受け渡しは、里親が申告した生育環境を最終確認する意味合いもあって、ライフ・フェリーのスタッフと蓮のような一時預かりボランティアが揃《そろ》って、里親宅に動物を届けることになっていた。

この一年半足らずで蓮は六匹の猫を預かった。今回の夏男はちょうど二週間で徳永という里親が見つかったが、長い子の場合は二カ月近く面倒を見たこともある。そういうときはとりわけ情が移ってしまい手放すのがつらくなった。二匹目に預かった春男というアメショーの血が混じった雄猫がそうだったが、いまでもあの子のことはよく思い出す。

預かる猫は時期によって春夏秋冬で仮名をつけている。三月から五月までに来た子は春男と春子、六月から八月は夏男と夏子。そして秋男と秋子、冬男と冬子。まだ夏子や冬男とは巡り合っていない。

徳永が引き取った夏男はキジトラの雄猫だ。毛づやや歯の状態から推定年齢は二歳。体重四・五キロの立派な成猫だった。

ニューハイツ木場に夏男を届けて三日後の七月十三日水曜日。

蓮は眠れぬままに朝を迎えた。

昨夜は十二時過ぎにベッドに入ったのだが、何というのでもなく寝つけなかった。これといった悩みや心配事があるわけでもなく、身体がひどく疲れているわけでもない。ただどうしても眠れないのだ。一時間ほど我慢してからベッドを出た。そのあとはネットを見たり本を読んだりとお決まりの時間潰《つぶ》しをしながら夜明けを待った。月に一度くらいはそういう夜がある。それでも三年前に比べれば格段に回数は減った。当時は一睡もできない日が何日もつづき、疲労が極に達して数日間眠ってばかりいたかと思うと、ふたたび眠れない夜が始まるという感じだった。

七月に入ってこれで三回目だった。七月に不眠の夜が増えるのはいつものことで仕方がない。夏男がいるあいだは夏男と遊びながら時を過ごせたが、いまは何もすることがない。いっそまた猫と暮らそうか、とたまに思うが、そうやって愛情の対象を手に入れることに後ろめたさがあった。現在のように一時的に猫を預かるのは、世話をしているあいだだけの愛情ですむ。どの猫も数日一緒にいれば、共にずっと暮らしたいと思う。だが、期限がくれば手放さなくてはならない。そうした小さな苦しみを繰り返すのが自分には合っているような気がする。

大きなものを失った人間は、もうこれ以上ひどい目にあいたくないと思う。だとすれば、小さなものを常に失いつづけることで再度の甚大《じんだい》な喪失を回避するしかない。

蓮はそう思っている。一方で、二度と何ものも愛さないことが自分にとっての務めだという気もしている。それは務めであると同時に自らが生き延びるために不可欠な罰でもあった。

蓮の部屋は三階にある。この春、胃がんの手術をするまでは二階で寝ていた母も、退院後は同じ三階の一室で眠っている。蓮はパソコンの前の椅子《いす》から立ち上がり、部屋の窓を静かに開けた。まだ五時だが、外はすっかり明るくなっている。

日中に比べるとさすがに空気はいくらか冷えていた。

蓮は急いで着替え、音立てぬように階段を降り、外に出た。玄関の前は細い私道で、右に五メートルほど行くと大門通りに突き当たる。大門通りを左に歩けば東陽三丁目の交差点だが、蓮は真っ直《ます》ぐに通りを渡った。振り返って三階建ての細長いビルを見る。

古い二階建ての武内文具店が建て替えられたのは八年前、蓮が大学三年生のときだった。四月に新築なって、翌五月に父が五十三歳の若さで急逝した。クモ膜下出血だった。以来母が一人で文具店を切り盛りしてきたが、その母も胃がんを患《わずら》い、いまは夕方五時には一階の店を閉めるようになっていた。早期発見のおかげで胃の三分の二を切除するだけですんだのがせめてもの救いだと蓮は思う。

手術予定日が三月十四日で、東日本大震災の三日後だった。テレビで被災地の惨状を目《ま》の当たりにしながら母の手術も延期になるのではないかと不安だった。どうしてこんなに悪いことばかり続くんだろうと、母の胃がんを医師に告げられた最初のように再びそう思った。

結局予定通りに手術は行なわれ、成功裏に終わった。執刀医から「もう大丈夫。再発もほぼ百パーないと思います」と言われたとき、何か流れが変わったような気がした。こんなことを言うと、方々から礫《つぶて》が飛んできそうだが、東日本で起きた巨大な災厄が、その尻尾《しっぽ》のひと撫《な》ででこれまでの悪運を払い落としていったような、そんな気がした。

しばらくして、被災地では母のようにがんの手術を控えていた人たちが病院の倒壊や停電、傷病者の殺到などで手術日を延期させられていると知った。その事実を知って、蓮は自分の心根のあさましさが恥ずかしかった。

裏道を通って大横川の川岸まで歩いた。川をまたぐ大横橋を渡れば、もう木場公園の大横橋口だ。この川沿いは真冬の寒さの中で咲く河津桜の並木で知られているが、いまは青々とした緑に縁取られているばかりだ。蓮は橋を渡って公園内へと入った。ここ数年、母は毎朝、木場公園での散歩を欠かさなかった。いつもこんなふうに早朝で、ごくごくたまに蓮も付き合うときがあった。目の前に広がる大きな芝生の広場の周辺を母はゆっくり三周する。春は芝地のそこここに植えられた桜が美しく、秋は広場中央の銀杏《いちょう》の巨木の黄葉がそれは見事だった。だが、そんな母の習慣も退院後は途絶えたままだ。

公園の中の空気は澄んでいる。日射しはすでに明々としているが土や植物たちが太陽の熱を吸い込んでくれている。久々に肌が大気を心地良く感じていた。

蓮は広場を一周して噴水のある方へと歩いて行った。広場の周囲は犬を連れた人たちで結構な混み具合だった。噴水広場から三ツ目通り方向へ一ブロック歩けば、先日、加藤にすっぽかされたイベント池口だった。加藤とはあの日の夜に連絡がついた。明け方に突然の腎臓《じんぞう》結石で病院に駆け込み、点滴をやってようやく帰宅したところだと彼は言った。最初はその言葉を信じたが、しばらくやり取りしているうちに作り話のような気がしてきた。おそらく仮病だろうといまは思っていた。

この世界には、平気で嘘《うそ》をつく人がいっぱいいる。蓮はできるだけ人を信用しないようにして生きている。

噴水広場にもぱらぱらと人がいた。まだ五時を回ったばかりだというのにどうしてこんなに人がいるのだろう。自分のように一睡もできなかった人間はほとんどいないに違いない。彼らの溌剌とした雰囲気がそれを物語っていた。十二時前には就寝し、こうして明け方には起き出して実りのある一日を朝の散歩から始めているのだ。

そういう人たちを見ていると、どうしてもみじめな気分になってしまう。

蓮は噴水の脇《わき》を通って、木場公園大橋を渡ることにした。この橋は葛西橋通りと仙台堀川をまたいで公園の北地区へと通じている。北地区には時折訪れる東京都現代美術館があった。

橋を渡り切った先にあるイベント広場は空《す》いていた。コンクリート敷きの円形の広場は周縁にベンチが配置されている。蓮はようやくすっきりした気分になってそのベンチの一つに腰を下ろした。しばらく広場を取り囲むように生えている銀杏や楓《かえで》の木々を眺めていた。この銀杏や楓も秋のもみじが美しい。

五分くらいぼんやりしていた気がする。ふと視線を美術館の方角へ向けると一人の男がちょうど階段を上ってくるところだった。

その背格好に見覚えがある。もしやと思って目を凝らす。間違いなかった。

蓮は落ち着かない心地になって周囲を見渡す。どこか姿を隠す場所を、と思うが、見通しのよい広場にそんなものがあるはずもなかった。とりあえず俯《うつむ》いて、相手が勘づかないことを期待するしかなかった。

「おはよう」

だが、徳永は蓮を見つけると早足で近づいてきた。さして驚いたふうでもなく、

「この辺に住んでるんですか？」

と言う。

蓮は顔を上げて、

「おはようございます」

と言った。そう言ったあと、徳永の後ろに猫がいるのに初めて気づいた。猫は徳永から数メートル離れた場所でじっとこちらを見ている。

「おいで」

振り返って徳永が呼ぶとその足元までやって来た。首輪もリードもしていない。徳永はしゃがんで大事そうに猫を抱きとり、蓮のとなりにあっさりと座る。

「外に出しているんですか」

蓮は言った。

里親に提出してもらう誓約書には「完全室内飼い厳守」の一項が入っている。

「ただの散歩です」

徳永はこともなげに言った。

リードもなく猫を散歩させるなんてあり得ない。というよりリードをつけて猫を連れ回す飼い主など滅多にいるものではなかった。犬と違って、猫は飼い主との散歩を喜ぶような動物ではないのだ。

夏男は徳永の膝《ひざ》で大人しく丸くなっている。まだ三日しか経《た》っていないのに、と蓮の方はかなり啞然《あぜん》としていた。

「武内さんも徹夜？」

徳永は前を向いたまま言った。

「はい」

と蓮が答える。徳永の方はきっと徹夜で絵を描いていたのだろう。猫を届けた日曜日に「武内さんはボランティアなんでしょう？」と訊ねられ、自分が小石川にある印刷会社の社員であることは伝えてあった。勤務先の名前を口にすると、

「へぇー。いいところにお勤めですね。あそこは美術本の印刷ではぴか一だ」

と彼は感心したように言っていた。

「私は内勤なんです」

と蓮はその場で付け加えた。実際、新卒で入って以来、ずっと総務畑で働いている。三年前に半年ほど休職し、いまは正社員ではなく嘱託社員だったが、そんなことまで

打ち明ける必要はなかった。

どうして徹夜なんて？　と徳永は訊《き》いてこなかった。横顔を覗《のぞ》くと飄々《ひょうひょう》とした感じであたりの景色を眺めている。

「名前は決まったんですか？」

蓮が訊いた。日曜日に訊ねたときにはまだ決めていないと彼は言っていた。

「キーボーです」

「キーボー？」

「そう。キーボードのキーボー」

何でまた、という顔を作ると、

「こいつ、僕が仕事してるとしょっちゅうキーボードに乗ってくるんです。おかげでえらい迷惑ですよ。キーボードフェチの猫だからキーボー。なかなか決まってるでしょう」

そう言いながら徳永は、目をつぶって気持ちよさそうにしているキーボーの頭を撫でていた。

「そういうときはどうするんですか？」

蓮は言った。

「そういうときって？」

「だから、この子がキーボードに乗ったときです。そんなことされたらイラストだってレイアウトだってめちゃくちゃになってしまうでしょう」

「まあ、そうですね」

徳永は言う。そして、蓮の方へしっかりと顔を向けて、

「でも、どうしようもないですよね」

と笑みを浮かべた。

3

加藤が本物の獣医だと知って、びっくり仰天だった。しかも、彼は今年二十七歳で、たったの二つ違いだ。茶髪といいつるりとした肌といい、てっきり大学生だと思っていた。学生をやりながらライフ・フェリーにも本腰で関わっているくらいに見ていたのだ。

彼と面と向かったところで赤根さんから、「加藤君は獣医さんなんだけど、私たちの活動に共鳴して、獣医師としての仕事をなげうってライフ・フェリーに参加してく

れてるんだよ。すごいでしょ」と聞かされ、蓮はしばし呆然《ぼうぜん》の態《てい》だった。ライフ・フェリーに登録して、最初に親しくなったのが専従職員の赤根さんだ。蓮より五つ上の三十四歳。バツイチ、子持ちの女性である。子供は順に男の子と女の子。五歳と三歳だと聞いている。

徳永と木場公園で会った日の夜、その赤根さんから連絡が来て、十八日の海の日にみんなで集まって「加藤君の快気祝い」をやるので顔を出さないかと誘われた。そこで初めて、加藤の腎臓結石が仮病ではないと知った。一度は自宅に帰されたものの半日もしないうちに再び激痛で病院に舞い戻り、三日三晩苦しんだあげくに体外衝撃波で結石を破砕して何とか危機を脱したらしかった。

電話口での奥歯にものが挟まったような物言いに、昼間のすっぽかしへの取ってつけた言い訳に違いないと踏んだのだが、とんだ勘違いだったようだ。そういう蓮の直感は滅多に外れないので、赤根さんの話はかなり意外だった。濡《ぬ》れ衣《ぎぬ》を着せてしまった疚《やま》しさも手伝って、海の日の飲み会に出席すると決めた。

よくよく話してみると、加藤はなるほど見かけと違って地金のしっかりした男に見えた。北里の獣医学部を出て父親が経営する動物病院で働いていたが、赤根さんの紹介の通り、この国の信じがたいような殺処分行政への憤《いきどお》りを抑えがたく、病気を治す前に生命を救うのが先決と、彼はライフ・フェリーの活動にのめり込んでいったらしかった。

「獣医の仕事もおやじの病院でアルバイト医師として続けてますけどね」

そうあっさり言っていたが、赤根さんの「彼女は？　結婚は？」の突っ込みにも「僕には恋愛よりも、犬や猫たちの方が大切ですから」と言っていた。その口調はかわすというよりもずっと本気に聞こえた。

愛や恋よりも、日々殺されている子犬や子猫の生命を一匹でも多く救う方が大切だという加藤の言い分は本当にその通りだと思った。

「でも、セックスとかどうするのよ。加藤君はいままさにヤリたい年頃じゃない」

酔っているというのではなく、赤根さんはずばり訊く。そういう彼女のおおっぴらで一本筋の通ったところが蓮は好きだった。

「そんなの、一人で適当にすませちゃえばいいですから」

加藤は淡々と答えていた。

ライフ・フェリーの本部は下北沢駅から十分ほど歩いた賑《にぎ》やかな場所にあった。四階建ての古いマンションの四階が事務所で、一階には「鳥好」という味と安さで評判の焼鳥屋が入っている。メンバーたちが飲み会をやるときは「鳥好」が定番で、むろん今夜もそうだった。

総勢十二人。専従スタッフが半分、蓮のような一時預かりボランティアが半分で、事務局長の長田《おさだ》は出張中で欠席だった。長田は、五年ほど前にこのライフ・フェリーをたち上げた人だが、それ以前は神父さんだったという。年齢は七十歳近いはずだが、見かけは六十そこそこにしか見えない。一度「どうして神父さんを辞めたんですか」と訊いたことがあるが、そのとき彼は笑いながらこう言った。

「いくら待っても僕には神様が見えなかったんですよ」

そして、いまの宗教じゃあ誰にも神は見えないんじゃないかなあ、と呟《つぶや》くように付け加えたのだった。

席を入れ替わりながら、いろんなメンバーと話をした。スタートから一時間半ほど経った頃、たまたま隣に座った宮原が、

「武内さん、ミズエ先生のところへ行ったんでしょう？」

と言った。蓮は何のことか分からずぽかんとした。

「ミズエ先生？」

と問い返す。

「あのイラストレーターの」

言われて、彼女が勘違いしているのに気づく。「私が行ったのは徳永さんというイラストレーターさんのところよ」と答えると、彼女はしまったという顔をして、

「すみません。ミズエというのは筆名で、本名は徳永さんなんです」

と言ったのだった。

宮原は美大でグラフィックアートを学んでいて、蓮と同じ一時預かりボランティアだ。あの徳永はかなり有名なイラストレーターで、彼女もファンの一人らしい。蓮は内心、そうだったんだと合点がいっていた。というのも、木場公園で会ったあと「徳永修治」で検索をかけたが、それらしいデータは一件もヒットしなかったのだ。

宮原は自分のアイフォンで徳永の絵をググって見せてくれた。相当な点数が引っかかってくることからも彼が一線で活躍する人物であるのは間違いなかった。作品の中には見覚えのあるポスターも少なくない。

「ミズエ」は「瑞江」と書くようだ。

「でも、なんで徳永修治じゃなくて瑞江修治なんだろうね」

何気なく蓮が口にすると、

「瑞江っていうのは、亡《な》くなった奥さんの名前みたいですよ。学校の先輩が瑞江先生の友だちなんですけど、その人がそう言ってたから」

と宮原は言った。

4

母の発病と手術のせいなのか、あの大震災のせいなのか、過呼吸の発作はまったく起きなくなった。記録に取ると却《かえ》って発作を招くので正確な日付は憶《おぼ》えていないが、最後の発作は三月に入ってすぐだった。これまで月に二度や三度は必ず出ていたものがもう四カ月半も絶えている。発作には至らなくとも、予兆めいた症状は頻回だった。それさえ三月十一日以降は一度もなかった。

薬を切ったのは去年の二月だ。ライフ・フェリーに登録した同じ頃に精神科への通院をやめて服薬も断《た》った。一年半、精神科に通ったのはほとんど無益だったと蓮は思っている。最も有効だったのは、会社を半年休職したのと復職後も正社員ではなく嘱託という身分に立場を切り替えたことだった。付け加えるならば、東陽町に戻るまでの休職中の三カ月、当時借りていたアパートと実家とを往復する生活ができたのもよかった気がする。そのおかげで一人になりたいときに存分に一人になることができた。

どうしてあんなことをしたんだろう、と蓮は思う。あんなことをした、というよりもあんなことになったと言うべきなのだが。

遼一が死んだ直後は別にして、蓮は誰かの前で涙を流したことは一度もなかった。それはまだしも、一人きりの部屋でも泣かなかった。気持ちがぐらつき、胸に感情の塊が押し寄せても、それを涙と一緒に洗い流すことができなかった。息を詰め、目を閉じてぐっとこらえてしまう。そのせいで過呼吸の発作が起きる。だが、呼吸が乱れ、頭の中が混乱の極みに達して、たとえパニック状態になっても、それでも遼一のことで泣くよりはいいと思っていた。

それがどうして、あんな赤の他人の前でいきなり泣き出してしまったのか？

あのとき、徳永修治はただ「どうしようもないですよね」と言っただけだった。それなのに蓮はその言葉と声を聞き、はにかんだような薄い笑みを垣間見《かいまみ》た瞬間に、自分の瞳《ひとみ》からぽろぽろと涙があふれるのを止められなくなった。

目の前の修治はほんの一瞬怪訝《けげん》な表情を示したが、無言でこちらを見つめ、膝の上のキーボーを持ち上げてそっと蓮の膝の上に載せた。キーボーは一度蓮の顔を見上げ、それからまた安心したように身体《からだ》を丸めて目をつぶった。ずいぶん長いこと蓮はキーボーを撫《な》でながら嗚咽《おえつ》した。

涙が止まったのは、キーボーが不意に起き上がり、膝の上から飛び下りたからだった。それと同時に隣に座っていた徳永も立ち上がった。

「じゃあ、また」

彼はさりげなく言うと、あとは何も言わずに歩き去っていった。キーボーが数メートルほどの距離を置いてその後ろをトコトコついてゆくのを蓮は黙って見送った。

遼一が死んだのは三年前の七月二十七日だった。当時住んでいた池袋のマンションではなく、わざわざ世田谷の実家に戻り、両親が眠りについた真夜中に二階の自室で首を吊《つ》って死んだ。

息子の死体を発見した父母がどれだけ悔やむかよりも、借りたマンションの一室がいわくつきの物件になる方が、大手不動産会社の一員だった彼には気がかりだったのだろう。いかにも遼一らしい選択だった。

四月に婚約し、九月に挙式の予定だった。日取りも式場も決まり、披露宴の案内状を出す直前の自殺だった。

遼一の死に驚愕《きょうがく》したのは両家の親たちだ。

婚約後間もなくから二人のあいだで大きな問題が生じていたことに彼らはまったく気づいていなかった。

――もうどうしていいか分からない。先にいきます。

中学時代から使い込んできた机の上に残されたその走り書きで、遼一の親たちは彼が深い悩みの渦中《かちゅう》にいたことを知った。運び込まれた病院に駆けつけた蓮は、そのメモを見せられ「蓮ちゃんは、何か知ってるの?」と母親からおずおずと問いかけられた。

「はい」

と小さく頷《うなず》いたとたん、蓮の心は粉々に砕け散ってしまった。

その約一カ月後、北京《ペキン》オリンピックが閉会した日にあの人が自殺した。蓮がその事実を知ったのはさらに十日が過ぎた九月三日のことだった。遼一の葬儀にあの人は来なかった。だから結局、蓮はあの人とは一度も言葉を交わすことはなかった。ただ、遼一の口から名前と勤務先を聞いて、一度だけ遠目に彼女の姿を見たに過ぎなかった。

遼一の残したメモの中身は意味深長だった。

先にいきます、という一言にはおそらく格別の含みがあった。そして、あの人は彼のメッセージを誰よりも真摯《しんし》に受け止めたのだろう。

あの人の存在を打ち明けられたとき、蓮は半狂乱になった。別れを切り出そうとした彼に「死ぬからね」と言った。いろいろと言葉を重ねた末の一言ではなく、それが遼一への最初の一撃だった。そして、本当に死んだのは彼とあの人の方だった。

蓮は気持ちの離れた遼一にすがりついた。死ぬ直前に会ったときには、誓約書を書いたっていい。

「式を挙げて半年だけ一緒に暮らして。そしたら必ず別れてあげる。誓約書を書いたっていい」

と言い募った。本気だった。不気味なものでも見るような遼一のあの目の色はいまでも忘れられない。

蓮は遼一のために泣くことができない。自分にそんな資格があろうはずもないことを心底知っているのだから。

5

肌寒さと雨の音で目が覚めた。

蓮はゆっくりと身を起こして枕元《まくらもと》の目覚まし時計の針を読む。部屋の中はやけに暗いが午前五時ちょうどだった。ベッドを降りて窓辺へと歩み寄る。カーテンを引くと激しい雨が降っていた。昨日、一昨日《おととい》と台風六号の接近で四国・近畿《きんき》地方は季節外れの大雨に見舞われていた。台風そのものは太平洋上に抜けたようだが、その余波で関東も明け方から雨だと予報で言っていた。それにしても雨足が強い。これじゃまるで本物の台風だ。

木場公園で徳永修治と会ったのはちょうど一週間前だった。あれ以来、一度もあそこには足を運んでいない。

蓮はそそくさと着替えをすませて外に出た。

今日は行かないと、と窓の外を見た瞬間に思った。

こんな叩《たた》きつけるような雨は久しぶりだ。路面からの跳ね返しが膝《ひざ》上まで達している。真《ま》っ直《す》ぐの雨だから何とかしのげるが、風が出て傘を持つ手元がふらつけばものの数分で全身びしょ濡れになってしまうだろう。

空は分厚い灰色の雲で覆《おお》われ、空気もひんやりとしている。だが寒くはない。いっそ雨に打たれるに任せてそぞろ歩けばさぞ気持ちいいだろうが、しかし、そういうことは誰もしやしない。通りには人っ子一人いなかった。東陽三丁目の交差点の方を見やると、大型トラックがたまに行き過ぎるものの、永代通りに乗用車やタクシーの姿は皆無だった。

蓮はいつもの道順で木場公園に向かう。家から公園まで七、八分の距離だ。

公園に入ると少し雨足が弱まった気がした。上方に張り出した木々のおかげもあったが、地面が雨水を吸い込んでくれるせいもあるのだろう。空間を埋め尽くすように降る雨のしっとりとした味わいが感じ取れる。いつもならぞろぞろいる犬連れのウォーカーもさすがに一人として見当たらない。

ショートブーツ型のレインシューズを履いているので水溜《みずた》まりをよけずに真っ直ぐ歩く。爪先《つまさき》やかかとが水に浸《つ》かるたびにぴちゃっと小さな音が立つ。何だか子供の頃に戻ったような気持ちの華やぎがあった。

無人の芝地を縦断し、銀杏《いちょう》の巨木のそばを通って木場公園大橋へと進んだ。噴水の周辺にも橋上にも人影はなかった。橋を渡って、たくさんの木々に囲まれたイベント広場に到着した。

一週間前に蓮がいたベンチに男が一人、開いた傘を支え持つようにして座っている。近づいていくと傘を傾けてこちらに顔を向ける。その顔が小さく笑みを作った。

「おはようございます」

と蓮が先に言う。

「やあ」

と徳永修治は言い、「今日はキーボーはお休みだよ」と付け加えた。

あのとき、彼は「じゃあ、また」と言い置いて去って行った。もしかしたら、と思って来てみれば案の定だった。きっとあれから一週間、同じこの時間に同じこのベンチに座っていたのだろう。こんな豪雨の中でさえ座っているのだから。

雨足はますます強くなっていた。南から北へと吹いていた風もだんだんに激しさを増している。

「とりあえず行こうか」

徳永がベンチから立ち上がった。「はい」と蓮は頷く。

「おなか空《す》いてる？」

問われて「さあ」と首を傾《かし》げる。

「じゃあ、僕の部屋で朝飯でも食べよう」

何が「じゃあ」なのか分からなかったが、この人にならどんなこともゆだねてしまえばいい、と蓮は心の中でちゃんと言葉にして呟いた。遼一と初めて出会ったときにも、同じようにしっかり自らに言い聞かせたことを久しぶりに思い出した。

部屋に上がるとキーボーが出迎えてくれた。

部屋は相変わらず殺風景だったが、掃除は行き届いている。キーボーのトイレやベッド、タワーなどが揃《そろ》っていた。

座卓には座布団《ざぶとん》が二枚用意されていた。その一枚に蓮は座った。

「簡単なものしかないけどね」

と言いながら、徳永は冷蔵庫から食材を取り出している。カウンターキッチンになっているので料理をしている彼と直接やりとりができた。

「ベーコンは食べられる？」

蓮が「はい」と言うと、「トマトは？」と訊《き》いてくる。コーヒーと紅茶は？　ブラックそれともカフェオレ？　トーストはバターそれともマーガリン？

「あの、何でも食べられるし、好き嫌いはありませんから」

蓮が言うと、

「もう何年もこうやって家で誰かと食べるなんてなかったからね。ちょっと緊張してるんだ」

と徳永が照れ臭そうに笑った。

そのうちフライパンでベーコンが焼けるいい匂《にお》いがしてきた。昨夜は十二時前にベッドに入った。連日の熱帯夜が途切れて深く眠ることができた。そのせいなのか、急におなかが空いてきた。

「おいしい目玉焼きを作るよ」

と徳永が言い、「秘訣《ひけつ》があるんだ」と重ねる。

「黄身と白身を別々に焼くんですよね—

蓮が言うと、「なんだ、知ってるんだ」と本当にがっかりしたような声を出した。

「ユーチューブで検索したら出てきますよ」

「そうか。僕は去年ニューヨークに出かけたとき、向こうの友だちの奥さんに初めて教えてもらったのに」

「ニューヨークはよく行くんですか」

「いや。二年に一回くらいかな。ほとんど仕事だけど」

ベーコンエッグとトマトとたまねぎのサラダ、トーストにカフェオレというスタンダードな朝食が座卓に並んだ。今日の徳永はテーブルを挟んで向かいに座った。

「このイチジクのジャムは僕が作った」

とジャムの瓶を指さして言う。

「そんなヘンな人間を見るみたいな顔しないでよ」

徳永が言う。

「ある日、突然知り合いから大量のイチジクが送られてきてどうしようもなかったんだよ」

「徳永さんってどうしようもないことが多いんですね」

と返せば、「まあね」と言ってトーストを齧《かじ》る。

ベランダの窓に顔を向けると、雨が横殴りに降り募っていた。時刻は六時を回っている。

「今日は会社休んじゃえばいいよ」

と徳永が言った。

6

食器は蓮が洗った。そうやって生活のほんの一部を肩代わりしたところでようやく心に落ち着きが生まれた。食べているときはやはり緊張していた。

二杯目のコーヒーは蓮が淹《い》れた。徳永は自分のカップを持ってパソコンの前に座る。蓮は本棚から画集を抜いて、グリーンの大きなソファに陣取った。

ピカソの画集が一番多かったのでその中から一冊選んだ。

外の雨音にまじってマウスをクリックするカチカチという規則的な音が室内に響く。

今朝は不思議と煙草《たばこ》の匂いがしなかった。前回訪ねたときはあった製図台やパソコンデスクの上の灰皿もなくなっている。

きっと徳永は煙草を吸うのをやめたのだろう。

三十分くらいしたところで彼は席を立って、冷蔵庫のポケットからバヤリースを抜いた。顔を上げると目が合う。「いる？」と言われて首を振った。近づいてきて座布団に腰を下ろし、バヤリースを飲んだ。今日も一気飲みだった。

「好きな画家っていますか？」

と問われて、蓮はピカソの画集を閉じた。

「ターナーとかボナールが好きです」

と答える。

「僕は子供の頃からアンリ・ルソーがものすごく好きだったんだ。なのに自分の描く絵はルソーとは似ても似つかない。本当に不思議だといまでもよく思う。友だちに小説家がいるんだけど、安部公房や福永武彦が大好きで、彼の書いている小説は大江健三郎みたいなんだ。それだったらちょっと分かる気がするよね」

「ごめんなさい。私、あんまり小説とか読まないんです」

蓮が言うと、徳永は「僕も最近はあんまり読まないけど」と言った。

「瑞江というのは亡《な》くなった奥様の名前だと聞きました」

蓮が言った。

「そう。かみさんは七年前に死んだんだ。当時、僕は二十九歳で、大学の同級生だった彼女も同じ二十九だった」

徳永はそう言って、

「でも、それで瑞江修治っていう名前を使い出したわけじゃないよ。知り合ったとたんから僕の一目惚《ひとめぼ》れでね。大学三年のとき勝手に瑞江修治と名乗ってセガのイラストコンテストに応募した。大賞の賞金は五百万だったけど、僕は五百万を手に入れた。その金で中古のポルシェ911カレラを買って初めて彼女にデートを申し込んだんだ」

蓮は先を促すように小首を傾げてみせる。

「で、半年後に僕たちは結婚した。僕はびっくりした。だって彼女のことが毎日毎日どんどん好きになっていくんだ。それまで何人かの女の子と付き合ったけど、その正反対だった。僕は思った。彼女がそんなにも素晴しいのだろうか？　それとも僕の方がどうかしてしまったんだろうかって。答えは簡単だった。どっちも正解だったんだ。そうやって僕たちはずっとずっと仲良しのままだった。大学を出る前から僕はかなりの収入を得るようになっていたし、卒業してからは売れっ子になった。生活は豊かで、大きな家を建てることもできた。もちろんあの幸運のポルシェはガレージに大事にしまって、新しい車も買った。子供はできなかったけど、そんなことは問題じゃなかった。彼女さえいれば僕は充分に満足だったんだ」

　そこで彼は一度息を整えるように言葉を区切った。

「大丈夫ですか」

　と蓮は訊いた。

「大丈夫。ただ、彼女のことをこんなにたくさん話すのは初めてだから」

　と彼は言った。

「いいんですか？」

　と蓮は様子を窺《うかが》う。

「僕はね」

　と彼は言って、「きみはどう？」と問い返してきた。

「私はぜんぜん平気です」

　と答えた。

「そして、あっと言う間に七年が過ぎたんだ。七年前のあの日、僕はどういうわけかガレージからポルシェを出してきて彼女をドライブに誘った。別にどちらの誕生日でもなかったし、初デートの日でも、結婚記念日でもなかった。ただ、とにかくよく晴れた素晴しい午後だった。ポルシェは毎年オーバーホールしていたから運転に何の支障もなかった。あの唸《うな》るようなエンジン音に二人ともうっとりしてた。僕と一緒になって、彼女はすっかり車好きになっていたからね。首都高に乗って羽田を目指した。飛行機を見たいと思ったんだ。それもきっとあの晴れ渡った空のせいだったと思う。道は空いていた。夏休み前の土曜日だったからね」

そこで再び彼は言葉を止めた。ふーっと思い切り深呼吸をする。

「気づいたら、急停車した大型トラックに突っ込んでいた。僕は運転席から転がり出して、めちゃめちゃになった車の背後を回って助手席まで駆け寄った。彼女はペシャンコのシートの上で前のめりにうずくまっていた。でも、生きていた。ドアレバーをいくら引いてもドアは開かない。死に物狂いでやっても開かないんだ。そのうちボンネットが吹き飛んでエンジンが火を噴いた。みるみる火が回って、あっと言う間に車は火達磨《ひだるま》になった。たすけてーって彼女が叫んだ。シュウちゃん、たすけてーって」

そこまで喋《しゃべ》って、徳永修治はベランダの窓へと視線を送った。

まるで眩《まぶ》しいみたいに目を細めて、ほの暗い外の景色を眺めている。

「あの瞬間、僕の心は死んだ。七月の真っ青な空に殺されてしまったんだ」

呟《つぶや》くように言った。

7

次の日から蓮はほぼ毎日、修治の部屋で朝御飯を食べるようになった。木場公園で早朝に待ち合わせるというのではなく、出勤前に直接ニューハイツ木場を訪ねた。修治はおおかた徹夜で仕事をしていて、最初の三日間は彼の作ったものを食べたが、四日目以降は蓮が材料を持ち込んで腕をふるうようになった。

朝食が終わると修治は寝室に引っ込んだ。蓮は食器を片づけたり、簡単に部屋の掃除をしてから会社に向かった。いつも七時前には着き、八時半には部屋をあとにした。修治はすでに眠っているので、預かった合い鍵《かぎ》で戸締りをした。彼は二日目には鍵を差し出し、蓮はさして躊躇《ためら》いもせずにそれを受け取った。

キーボーの散歩は日課のようだった。日中は余りに暑いため早朝か夕方が散歩の時間で、蓮はたまにその散歩にも付き合った。ただ、夕飯は一緒に食べなかった。修治も誘ってくることはなかった。そんなふうにして瞬《また》く間《ま》に一週間が過ぎ、七月二十七日がやって来た。それは、遼一の三度目の命日だった。

蓮はいつも通り修治の部屋に行った。

逢一の両親とは、あの人が亡くなってからは音信不通になっていた。三周忌の法要にも呼ばれなかった。昨年も一昨年も二十八日に茗荷谷《みょうがだに》にある菩提寺《ぼだいじ》を訪ね、彼の墓に線香と花を手向けた。

出迎えた修治は少し酔っていた。

大きな仕事が終わり、ワインを抜いて一人で祝杯をあげていたという。酔っている修治を見るのは初めてだった。

相変わらずハーフパンツにTシャツ姿だが、蓮が来るようになって部屋の風通しは怠らなくなったようだ。おそらく洗濯もこまめにしているのだろう。ハーフパンツもTシャツも洗い立てを身につけていた。

煙草が切れたこともあり室内のにおいは気にならなくなった。

「煙草やめたんですか」

と一度訊いたことがある。

「いつかやめようと思ってたからね」

と修治は言った。何となく理由は知っている気がして蓮はそれ以上質問しなかった。

それにしても修治は痩《や》せ過ぎだ。「瑞江修治」で画像を検索すると写真がたくさん出てくる。若い頃の彼はいまのようではなかった。髪を伸ばし、肌も焼いて、いかにも売り出し中のグラフィックデザイナーという風貌、雰囲気を漂わせていた。五年ほど前の写真まではそうした印象をとどめていたが、三年前の写真となると現在と同様だった。

毎朝、食事をするようになっても太った様子はなかった。たかだか一週間なので当然かもしれないが、蓮の見るところ彼はその一食以外に何も食べていなかった。夕食に誘って来ないのも遠慮や何らかの計算のためではなく、単に自分自身が食べないからではないかと思う。

おそらく、妻を失ってからこの方、彼は徐々に物を食べる習慣を失っていったのだ。だからこそ、蓮に朝御飯を食べさせようと思いついたのだろう。不意に泣きだした蓮を見て、このままでは自分の二の舞だと恐れたのかもしれない。

家で作ってきたドライカレーをあたためて振る舞った。付け合わせはフルーツのざく切りにヨーグルトをかけたもの、それにらっきょうのみじん切りだけ。ただし、ドライカレーは自慢の一品だ。

修治は赤らんだ顔で「おいしいなあ」と言いながら二杯も平らげた。

昨日は会社の創立記念パーティーの準備で遅くまで残業したので、今日は午後出社だった。今夜も終電近くまで残業して、茗荷谷には明日の午前中に出かけるつもりだ。

蓮は後片づけを済ませるといつものようにソファに座って、持ってきた小説を読んだ。修治の口から名前が出た福永武彦を読んでいる。一冊薄いのを読んで面白かったので二冊目だ。『草の花』という地味なタイトルの文庫本だった。

修治の方は寝室には行かず、猫ベッドでくつろいでいるキーボーをからかって遊んでいた。

「ねえ、武内さん」

と不意に声を掛けてきた。彼は蓮のことを「武内さん」と呼ぶ。蓮はいつの間にか「修治さん」と呼んでいた。

蓮が活字から目を離すと、

「ちょっとだけ合気道を教えてくれないかな」

と言う。

合気道の件はこの前話していた。というのも現在、修治は全日本武道協会という団体の新しいシンボルマーク作りを頼まれていて、先だって「ねえ、ゼンブキョウって何の団体か分かる？」と質問してきたのだ。蓮が「全日本武道協会のことでしょ」とあっさり答えると、「どうして分かったんですか？」とびっくりされて、その流れで自分がずっと合気道を続けてきたことを伝えた。全武協にはむろん日本合気道会も加盟していた。

「何となくイメージが湧《わ》かないんだ。武道なんて僕の人生にはまったく無縁だったからね」

そう言うと修治は立ち上がって、座卓を壁の隅に寄せてからリビングの真ん中にやって来た。

文庫本をソファに置いて蓮も立つ。摺《す》り足で修治の前へと進んだ。

「どうすればいいの？」

修治はちょっと怯《ひる》みがちの声音で言う。

「一度きりですよ」

蓮は内心からかい半分だが、ことさら厳しい口調を使う。昔から付き合っていた彼氏たちに似たような注文を出されてきた。そのたびに最も簡単な技でひとひねりにした。頼まずともそれで必ず「一度きり」になった。

部屋の広さを目測し、間合いをはかって立ち位置を幾らか修正する。

「どんな形でもいいですから本気でかかってきて下さい。手加減は無用です」

蓮の真剣な態度に修治はますます前言を悔いるふうだった。

「ちなみに、武内さんって合気道何段なの」

と訊《き》いてくる。

「三段です」

と答えた。修治がしまったという顔つきになる。その表情の変化が蓮には面白くて仕方がない。

「さ、どこからでもどうぞ」

腰を少し落とし、大きな球でも抱くように両腕を一度前に突き出し、それから両脇《りょうわき》にだらりとたらした。

「よしっ」

とさすがに修治も気合を入れ、間髪入れずに両腕で抱きついてきた。

身をかわしながら蓮は彼の右手首を両手で摑《つか》む。使える空間の体積を把握しつつ一歩引いて、中腰で摑んだ手首を軽く左に回転させた。大きな傘を胸元で畳むような要領で相手の身体《からだ》を宙に浮かせ、床に転がす。

想像よりも修治ははるかに軽かった。百八十近い上背のある男性がこんなに軽いのかというほどで、そこに蓮の若干の計算違いがあった。傘を畳むようではなく、それこそくるくると番傘を回すようにきれいな弧を描いて宙を舞ったのだ。

修治は取られた右手首を支点に半回転して左肩からカーペットを敷いた床に落ちた。

思いのほか高く浮いた分、その衝撃は大きかっただろう。

蓮はあわてて固めていた手首をほどき、倒れている修治を覗《のぞ》き込んだ。

肩から落ちたとはいえ、肝心の手首は手加減してひねっていた。この程度の小手返しで怪我《けが》をすることはない。

だが、修治は左肩を押さえて苦悶《くもん》の表情を浮かべていた。寝転がったまま上体を起こそうともしない。

「修治さん、どうしました?」

蓮はようやく異常を察してしゃがみ込む。最初は照れ隠しもあってふざけているのかと思ったのだ。

8

結局、救急車を呼んで都立墨東病院まで行った。診断は予想の通りで「左肩関節脱臼《だっきゅう》」。関節包《ほう》が破損し、結節骨折を伴う本格的な前方脱臼だった。蓮も高校時代、稽《けい》古《こ》中にやったことがあるので症状は大体分かっていた。

出てきた整形外科の医師は四十絡《がら》みのいかにもベテランで、上手に肩を入れてくれた。二時間ほどの診察・治療で修治と蓮は病院を出ることができた。むろん修治は三角巾《さんかくきん》で左腕を固定されている。

タクシーでニューハイツ木場まで送り、そのまま蓮は会社に向かった。一緒に降りて部屋に連れて行くつもりだったが、

「この車で会社まで行きなよ。そうすれば遅刻しないですむ」

という言葉に甘えたのだ。マンションの玄関前で修治と別れ、永代通りに車が出ると蓮はタクシーの後部座席で一度大きく伸びをした。車窓越しに七月の真っ青な空が見える。今日もまた猛暑の一日が始まっていた。街の景色を真っ白にしてしまうほどの陽光が地上に降り注いでいる。

渋滞の道をゆっくり走る車の中で、ふいに全身の力が抜けていくのを感じた。

よりにもよって、という言葉が最初に浮かぶ。

あれくらいで肩を脱臼するなんて……。

「あの人は痩せ過ぎなのよ、と頭の中で言葉にして、いま自分が「あの人」以外の人のことをあの人と呼んだことに少し驚いた。

あの人はあんなに痩せてしまっているから、あんなに簡単に脱臼してしまうのよ。

「脱臼？」

医者に言われて、呆然《ぼうぜん》としていた修治の横顔が脳裏に浮かぶ。

「脱臼って、要するに肩の骨が外れちゃったんですか」

彼は、まるでこの世の終わりを迎えた人のような顔で医師に確かめていた。

その表情を思い出すと、つい笑いが込み上げてくる。

蓮はシートに身体を埋《うず》めるように腰を前に滑らせた。窓から見えていた青空が少しだけ大きくなる。

七月の真っ青な空か、と思う。七年前、この空に心を殺されたと彼は言っていた。

三年前の今日の空はどんなだったただろう？

蓮は思い出そうとするがちっとも憶《おぼ》えていなかった。

目を閉じる。

瞼《まぶた》の裏に滲《にじ》んできたのは夏空の残像ではなくて、なぜか猫のキーボーの姿だった。

もう飼えなくなってしまった飼い主か、それとも売れ残って手を焼いたブリーダーが、あの子を愛護センターに持ち込んだ。あの子はもう少しで殺されるところだった。あの子の兄弟や仲間たちはきっと殺されただろう。そして、いまも毎日毎日あの子と同じような猫たちが炭酸ガスで苦しみながら死んでいる。

なのに、あの子はまるでそんなことお構いなしに生きていた。

心は死ねない、とふいに蓮は思った。

心だってきっと生きるしかないんだ、と思った。

この一週間、キーボーは一度だって修治のパソコンのキーボードに乗ったことはなかった。修治がマックの前に座るとそばに寄っていったが、でも、決まって飛び乗るのは修治の膝《ひざ》の上だった。

今朝、一緒にドライカレーを食べているとき、蓮はそのことを言った。

すると、修治はスプーンを動かす手を止めて、ちょっとはにかんだいつもの笑みを口元に作り、

「ほんとはね」

と打ち明けた。

「キーボーのキーボーはキーボードのキーボーじゃなくて、キボーのキーボーなんだよ」

タクシーが急に減速して、蓮は慌《あわ》てて目を開け姿勢をまっすぐにした。

大型トラックが左車線から無理矢理割り込んできたようだった。

「だけどこっちでよかったよ」

修治はタクシーの中で左腕をさすりながら言っていた。

「三週間も右手が使えなかったらたいへんだった」

「本当にごめんなさい」

蓮が何度目かの謝罪を口にすると、

「別に武内さんが悪いわけじゃないって」

と彼は言い、

「でも、そろそろ手描きに戻ろうと思ってたところだったから、案外ちょうどよかったかもしれない。ＣＧにはやっぱり限界があるからね」

と付け加えた。

あのとき、蓮は「私、今夜から何でも手伝います」と言った。右腕一本の生活はやっぱりたいへんだと思った。すると、修治はしばらく無言で前を見ていた。

そして、

「どうかよろしくお願いします」

とぺこりと頭を下げてきたのだった。

初出一覧

『僕の舟』　「小説新潮」二〇一一年十二月号

『3コデ5ドル』　「小説新潮」二〇一一年十二月号

『水曜日の南階段はきれい』（『水曜日の南階段は』改題）　「小説新潮」二〇一一年十二月号

『イルカの恋』　「小説新潮」二〇一一年十二月号

『桜に小禽』　「小説新潮」二〇一一年十二月号

『エンドロールは最後まで』　「小説新潮」二〇一一年十二月号

『七月の真っ青な空に』　「小説新潮」二〇一一年九月号

阿川佐和子・角田光代
沢村凜・柴田よしき
谷村志穂・乃南アサ 著
松尾由美・三浦しをん

最後の恋
―つまり、自分史上最高の恋。―

8人の女性作家が繰り広げる「最後の恋」をテーマにした競演。経験してきたすべての恋を肯定したくなるような珠玉のアンソロジー。

阿川佐和子・井上荒野
大島真寿美・島本理生
乃南アサ・村山由佳 著
森絵都

最後の恋 プレミアム
―つまり、自分史上最高の恋。―

これで、最後。そう切に願っても、恋の行く末は選べない。7人の作家が「最高の恋」の終わりとその先を描く、極上のアンソロジー。

伊坂幸太郎著

ラッシュライフ

未来を決めるのは、神の恩寵か、偶然の連鎖か。リンクして並走する4つの人生にバラバラ死体が乱入。巧緻な騙し絵のごとき物語。

伊坂幸太郎著

重力ピエロ

ルールは越えられるか、世界は変えられるか。未知の感動をたたえて、発表時より読書界を圧倒した記念碑的名作、待望の文庫化！

伊坂幸太郎著

フィッシュストーリー

売れないロックバンドの叫びが、時空を超えて奇蹟を呼ぶ。緻密な仕掛け、爽快なエンディング。伊坂マジック冴え渡る中篇4連打。

伊坂幸太郎著

砂漠

未熟さに悩み、過剰さを持て余し、それでも何かを求め、手探りで進もうとする青春時代。二度とない季節の光と闇を描く長編小説。

伊坂幸太郎著

ゴールデンスランバー

山本周五郎賞受賞
本屋大賞受賞

俺は犯人じゃない！ 首相暗殺の濡れ衣をきせられ、巨大な陰謀に包囲された男。必死の逃走。スリル炸裂超弩級エンタテインメント。

石田衣良著

4TEEN【フォーティーン】

直木賞受賞

ぼくらはきっと空だって飛べる！ 月島の街で成長する14歳の中学生4人組の、爽快でちょっと切ない青春ストーリー。直木賞受賞作。

石田衣良著

眠れぬ真珠

島清恋愛文学賞受賞

人生の後半に訪れた恋が、孤高の魂を持つ咲世子を少女に変える。恋人は17歳年下。情熱と抒情に彩られた、著者最高の恋愛小説。

石田衣良ほか著

午前零時
—P.S.昨日の私へ—

今夜、人生は1秒で変わってしまうと、知りました——13人の豪華競演による、夜の底から始まった、誰も知らない物語たち。

石田衣良著

夜の桃

少女のような女との出会いが、底知れぬ恋の始まりだった。禁断の関係ゆえに深まる性愛を究極まで描き切った衝撃の恋愛官能小説。

荻原浩著

押入れのちよ

とり憑かれたいお化け、№1。失業中サラリーマンと不憫な幽霊の同居を描いた表題作他、必死に生きる可笑しさが胸に迫る傑作短編集。

最後《さいご》の恋《こい》 MEN'S《メンズ》
つまり、自分史上最高の恋。

新潮文庫　し－21－4

平成二十四年　六月　一日　発行
平成二十五年　六月　五日　九　刷

著者　朝井リョウ　伊坂幸太郎　石田衣良　荻原浩　越谷オサム　白石一文　橋本紡

発行者　佐藤隆信

発行所　株式会社 新潮社

郵便番号　一六二―八七一一
東京都新宿区矢来町七一
電話　編集部(〇三)三二六六―五四四〇
　　　読者係(〇三)三二六六―五一一一
http://www.shinchosha.co.jp

価格はカバーに表示してあります。

乱丁・落丁本は、ご面倒ですが小社読者係宛ご送付ください。送料小社負担にてお取替えいたします。

印刷・大日本印刷株式会社　製本・加藤製本株式会社

ISBN978-4-10-125055-7　C0193